声の感じから晴馬がベッドの脇に座ってこちらを覗き込んでいるのがわかる。
『かわいいな』
しみじみとそう言われて、戸惑った。
抱かれている最中、彼は何度も千愛に『かわいい』と言ってくれる。

こんなに極甘な結婚だなんて聞いてません!

～交際0日の副社長は予想外の愛妻家!?～

秋桜ヒロロ

Vanilla文庫 Miel

こんなに極甘な結婚だなんて聞いてません！

交際0日の副社長は予想外の愛妻家!?

Contents

イラスト／夜咲こん

プロローグ

ふわふわとしていた。

頭の中が、なのか。身体が、なのか。心が、なのか。

それは全くわからなかったけれど、とにかくふわふわとしていた。

茶色いふわふわのソファに寝転んでいる私の上に、大きな身体が乗っている。

彼は私の身体に硬い指先を這《は》わせながら荒い呼吸を繰り返していた。

「ちえ」

ココアのように甘ったるい声で名前を呼びながら、彼は私の胸の頂に舌を這《は》わせた。そして、そのまま舌先で私の赤い実を弄《もてあそ》ぶ。

「あ、あぁ、あ、ぁ」

だらしのない口からは彼の与えてくる快楽に対する素直な反応が漏れた。

(気持ちいい。なにもかもが気持ちいい)

彼の熱い体温も、胸を弄ぶ大きな手も、こちらを見つめてくる目も、なにもかもが千愛《ちえ》の身体を熱くさせた。
そういえば、どうしてこんなことになったのだろうか。
どうして、私は彼にこうして身体を触れられているのだろうか。
どうして私は、彼との行為が嫌じゃないのだろうか。
すべてが曖昧で、ふわふわとしていた。
でも、一つだけ確かなことがある。
——私、この人に嫌われたくないな。
千愛は口の端から小さな喘《あえ》ぎ声を漏らしながら、ふわふわとした頭でそう思った。

第一章

【結婚】

　――男女が夫婦となること。婚姻。（出典：新選国語辞典　第七版）

　それは鴨島《かもじま》千愛にとって、最も縁遠いものの一つだった。

　なぜなら――

「合理的ではありません」

「だから――」

「千愛ちゃん、いい？」

　父親の言葉を遮《さえぎ》って、母親がまるで幼子に言い聞かせるようなトーンでこちらに身を乗り出してくる。こちらに向けている彼女の視線はとても二十六歳の娘に向けているとは思えないほど慈愛に満ちていた。

「お母さんたちだってね、別に貴女《あなた》の子供が見たいとか、そういうこっちの勝手な考えで

『結婚してほしい』って言っているわけじゃないの。貴女の生活能力が皆無すぎて、これ以上一人で暮らさせるのが心配だから、こんなことを言っているのよ？」

「そうだぞ。さっきお前の住んでいるマンションに行ってきたが、なんなんだあれは。足の踏み場もないじゃないか。あれでよく生活できているな？」

「問題ありません。そちらの家から出て四年と一ヶ月、無事に生活できています。それに二人だって、私が掃除や洗濯といった一般的に家事と分類されるものが苦手だということはよくご存知《ぞんじ》でしょう？　人間、苦手なことを伸ばすより、得意なものを伸ばす方が合理的だと思います。だから――」

「わかっているわ。だから貴女は、生活を捨てて仕事に生きているのよね？」

母親の言葉に千愛は「そうです」としっかり頷《うなず》いた。

「でも、だからってこれはないわよ……」

「これ？」

「なんで、入院なんて事態になっているんだ、ってことだ」

父親がそう付け足すように口を開いて、千愛は自身の状況を改めて顧みた。

無機質な真っ白い天井に、木目が描かれた温かみのある床。鼻腔《びこう》をかすめるのはツンとした薬品の匂いで、耳をすませばどこか苦しそうな咳《せき》と、パタパタと忙《せわ》しなくかけていく看護師たちの足音が聞こえた。

千愛がいるのはカーテンで仕切られた空間の、中心に置かれたベッドの上だ。入院着は着ているが、身体に管が繋《つな》がっているなんてことはなく、彼女はどこまでも健康そうな顔色で半身を起こしていた。隣には疲れ切った表情の両親がおり、千愛の方をどこかうらめしげに見つめている。

彼らの奥にある画面が暗くなったテレビには、大きな眼鏡をかけたショートボブの女性が映り込んでいた。――千愛自身である。

「しかも、今回は一歩間違えば命の危機だったっていうじゃないか」

「なにをどうしたら、歩道を歩いていて車道側にこけるなんてことが起こるのよ！」

「それは――」

「しかも、クリスマスに！」

最後の台詞《せりふ》は、両親から同時に発せられた。クリスマスだろうが、元旦だろうが、誕生日だろうが、昔から『いつもの日』として消費してきた千愛にはよくわからないが、そういう日を特別に思っている両親からしてみれば、『こんなめでたい日になんてことを起こしているんだ』という話になるのだろう。

「千愛ちゃんってば、こんな性格なのに昔からどこか抜けているのよね。免許取ったばかりの頃、高速道路で迷子になるし……」

「『犬を拾ってきました。飼います』って言いながら、たぬきを差し出してきたこともあったよな」

「あった、あった！　ペットボトルに入っているお茶を温めようとして、蓋を閉めたまま電子レンジに――」

「お言葉ですが！」

なぜか盛り上がりだした両親たちを、千愛はその言葉で止めた。そして、羞恥でほんのりと頬《ほお》を染めたまま、言葉を続ける。

「私は抜けているところがあるのでこのような性格なのです。できる人間というものは、非合理的なことに気を回していても、やらなくてはならないことをある程度効率的にこなすことができるんです。私はそういう人間ではないので様々なことを合理的に判断し、より効率的に物事を進めているんです」

「はいはい」

「それに今回は、どこか怪我《けが》をしたわけではありません。ただの検査入院です」

胸を張りながらそう言えば、両親はまたもや同時に、そうじゃない、というような顔をした。いつまで経《た》っても仲のいい両親である。

千愛の態度に母親は、大きくため息を付いた。

「まぁとにかく。貴女の生活能力が皆無で、抜けていて、それを少しも改善させようという気がないのはわかったわ」

「わかっていただけましたか」

「でもそれなら、一緒に生活するパートナーを見つけて頂戴！　もう、貴女と一緒に住んでくれるのなら、相手が誰でも構わないわ！　正直ね、結婚なんて大それたこと望んでないの！　とにかく、お母さんたちは安心したいのよ！」

「パートナー、ですか……」

「こっちにシェアハウスできる友達とかいないの？」

「私に友人がいるとでも？」

「……ごめんなさい」

すぐさま謝ってくるのも結構な失礼な話だとは思うのだが、長い間自分を育ててくれた母親が千愛に友人がいるかどうかを知らないはずがないので、これは仕方がない。

「よく考えてみろ。結婚は合理的だぞ」

父親の言葉に、千愛は「どこがでしょうか？」と彼に視線を向ける。

「結婚をすれば、俺たちがこうやってとやかく言うこともなくなるし、家事だってできる男と結婚すれば半分になるだろう？　こうやって入院をしたときにだって身の回りのものを用意してもらえるし、手術をするって話になったときも書類にサインできる人間が近くにいた方が何かと楽だぞ？」

「それは、……確かにそうですね」

千愛は顎を撫《な》でつつ神妙な面持ちでそう頷いた。

その顔を見てここが攻め時だと思ったのだろう、母親も声を大きくした。

「そうよ。結婚すれば法的なメリットは大きいわ。社会的な信用も上がるわよ！　家賃だって半分だし！　なにか困ったことがあったら助けてもらえるわ！　それこそ、病気で倒れたりしても、すぐに見つけてもらえるわよ！」

「つまり、生存率が上がる、と？」

「そうよ！　それに、せっかくかわいい顔に産んであげたんだから、それを利用しないのは非合理的じゃない？」

「可愛いか可愛くないかは主観的な話ですし、親の欲目という言葉もありますので、ひとまずは置いておきまして。確かに結婚にはメリットもあるようですね」

「そうでしょう！」

「しかし、名字を変えるのが面ど――」

「名字を変えるのが面倒なら、名字を変えてくれる男性を見つければいいだけだし、そういう男性がいないのならば、書類上だけ変更しておいて普段の生活や職場では今まで通りの名字で過ごせばいいじゃない！　クレジットカードや保険証の手続きは面倒だけど、一回やっちゃえばおしまいよ！」

母の勢いに気圧《けお》されるように千愛は「なるほど……」と呟《つぶや》いた。

そして、改めて一考する。

確かに結婚をすれば、少なくとも両親からこうしてとやかく言われることはなくなるだろう。しかも、先程の話から察するに、両親は千愛の結婚に『愛』を求めてはいないらしい。もちろん『愛』があればそれに越したことはないのだろうが、彼らが心配しているのは千愛の身の安全と、このままでは縮んでいく一方の自分たちの寿命だからだ。

つまり、千愛と一緒に暮らしてくれる人間ならば相手は誰でもいいということだ。もちろん千愛の尊厳を無視するような相手でもいいと言っているわけではないだろうし、彼女自身もそういう相手は願い下げだが、『婚姻という法的な関係で繋がった他人』でいいのならば、結婚相談所にでも行けば、もしかすると相手は見つかるのではないだろうか。少なくとも千愛とシェアハウスしてくれる友人を見つけるよりも、その方が遙《はる》かに楽そうである。

「とにかく、頭ごなしに『合理的ではありません』ではなくて、もう少し真剣に考えてみて！　私たちが安心できるなら、結婚なんて形は取らなくてもいいけど、このまま改善案が見つからないなら、引っ張ってでも実家に連れ戻すわよ」

「……わかりました。持ち帰って検討してみます」

千愛の四角四面な答えに、母親は「そうして頂戴」と息を吐き出した。椅子から立ち上がったところを見るに、これで見舞いも説教もおしまいということだろう。

「千愛ちゃんはもう少し『合理的』とか『効率的』って言葉から離れてみるといいかもね」

「確かに、そうですね。私も頑《かたく》なすぎたかもしれません。検討してみます」

歩み寄った形の千愛の返事に、両親の表情はわずかに緩んだ。

「それじゃあね」

「なにかあったら、また電話をかけてくるんだぞ？」

「わかりました。ありがとうございます」

病室を出ていこうとする二人の背中に千愛はそう言って軽く頭を下げた後、はっとなにかを思い出したかのような表情になった。そして「お父さん、お母さん」と声をかける。

振り返った二人に、千愛は全く表情を変えずにこう言った。

「年末の帰省ですが、今日でノルマをクリアしたということにはしていただけませんか？実はこの連休に研究したい味付けが――」

「もう、勝手にしなさい……」

両親はどこか落胆したような顔になり、ガックリと肩を落として、病室から出ていった。

◆◇◆

入院した翌々日には、千愛はもう会社に復帰をしていた。
そして――

「部長、本当にこのAを商品化していいと思っているのですか？　はっきりと言いましょう。このパスタでは競合他社に負けてしまいます！　まず弾力が足りませんし、その割には糖質が三十グラムと高すぎます！　目玉にしていた食物繊維も十八グラムでは少なすぎる！　ここは価格をもう少し上げて、こちらのBを商品化するべきだと思います！　こちらなら――」

「ええい！　うるさいうるさい！　もう承認がおりたんだ！　大体、そっちの商品だと一袋七百円以上の商品になるだろうが！　三食七百円だぞ!?　俺たちがターゲットにしているのは富裕層じゃない！　そんなものどうやって売るっていうんだ！」

――会社の上司とやり合っていた。

三十畳ほどの広い空間に、黒光りする大きな長机。複数あるその長机の真ん中には真っ白い棚が配置されており、中にはビーカーやスポイド、よく使う試薬などが置かれている。それが黒い机を左右に仕切っており、丸椅子がそれぞれ左右に三つずつ配置されていた。

そう、そこは千愛が勤めるヘルスハーバーという健康食品会社の研究室だった。ヘルスハーバーには研究室が三つほどあり、千愛はその中の第二研究室に所属していた。

「仰《おっしゃ》ることはわかりますが！　だとしても他社商品の劣化版を売るよりはいいと思います！　それに健康に気を使う人は、少しぐらい価格が高くてもいい商品を求めていると思います！」

「それで利益が出せなかったらどうするつもりだ!?　しかも、お前の作ったBの商品では賞味期限が短すぎる。それではネット通販にも向かないし、スーパーにも卸せないだろ？」

「その件に関してはもう改善案を提示しています。まさか、報告書を読んでない――」

「ええい、うるさい！　うるさい！　とにかく、もう承認はおりたんだ！　今更お前の商品に変えることはできん！」

そんな捨《す》て台詞《ぜりふ》を吐いて、部長はまるで逃げるようにその場を後にした。

健康食品会社といっても、千愛がいる部署はサプリメントなどを作っているところではなく、パスタやパン、お菓子などといった日常の中にある食品にプラスアルファで『糖質オフ』『食物繊維追加』『鉄分追加』といった効果をつけたものを開発しているところだった。コンセプトとしては『美味《おい》しくて、健康にもいい』である。

この会社に入ったきっかけは、父親に軽度の糖尿病が見つかり、自主的に糖質の制限を始めたことだった。当時、糖質オフの商品といえば、美味しくないのが当たり前であり、父親も背に腹は替えられないと、味を我慢しつつ食べていた。それまでの父親は食事をするのが好きな人だった。グルメと人に名乗れるほどではないが、美味しいものを求めていろいろな県に出向くことはあったし、自ら料理を作り、家族や友人に振る舞うこともあった。しかし、食事制限を始めてからというもの、父親は見てわかるほどに元気をなくしていった。そんな彼をみて、当時高校生であった彼女は『本当に美味しくて健康にいいものは作れないのか』と考え、進路を変更した。そして専門の大学に進み、大学院を卒業してこの会社に就職したのである。

そして、これがどうしようもなく性に合っていた。なぜなら一回の食事で『美味しくて』『健康にいい』というのは、実に合理的だ。それに加えて、千愛はそれらが『手軽に』とれることを目標にしていた。簡単調理、もしくは、無調理で味わえる、美味しくて健康にいいもの。しかも、それを売れる形で。

気がつけば、千愛は研究にのめり込んでいた。

「千愛、今日も部長とやり合っていたね」

お昼に入るなりそう声をかけられ、千愛は自分のデスクで顔を上げた。視線の先には同期の中村沙耶香《なかむらさやか》がいる。研究室の中でもムードメーカーな彼女は、人が良さそうな唇をにっと引き上げてこちらを覗《のぞ》き込《こ》んでいた。

「当然です。採用されたAの商品に比べて、私の考えたB――『もちもち食感！　糖質六十％オフ、食物繊維もいっぱいだよ！　パスタ』は、数値上ではAをすべて上回っていました！」

「相変わらずネーミングセンスは壊滅的ね」

「それなのに、価格という一点のみで負けてしまった。これは安易に受け入れることができません！」

「でも、今回は意外に早く引いたわね。部長も明らかに、助かったー、って顔していたわよ？　いつもの千愛なら追いかけてでも自分の意見を通そうとしたでしょう？」

「確かに私も、価格のことは考えていませんでしたからね。いくら商品が良くても価格が高すぎると売れない。悔しいですが、これは正論です。ですから今度は、工程を簡略化して価格を下げた『もちもち食感！　糖質六十％オフ、食物繊維もいっぱいだよ！　価格もお手頃パスタ』を作りたいと――」

「いや、パスタ部門はとりあえず縮小。千愛は次からケーキの開発するんでしょ？　しかも、二年がかりの」

そう言われ、千愛はやる気で持ち上げていた拳をガックリと下げた。

「そうでした。でも、また一からとなると、味の研究から始めなくてはなりませんね……」

「あはは、頑張れ！」

そう言って沙耶香が千愛の背中を叩《たた》いたときだった。

「鴨島さん！」

そう呼ばれ、千愛は顔を上げた。声のした方をみると、沙耶香とは別の女性の同僚がこちらに向かって手を振っている。

「鴨島さん、元部長！　またお昼の誘いみたいだよ！」

「あ、はい！　わかりました。今向かいます」

千愛はカバンの中から財布を取り出し、立ち上がった。

元部長、というのは文字通り、この研究開発部の元部長である。彼は一年前まで千愛たちと一緒に新商品開発に汗水流していた。そして、部署から離れた今もこうしてよく様子を見に来てくれるのだ。

そして、彼に部内の様子を伝えるのは、なぜか千愛の役割になっており、週に一、二回ほどはこうして一緒にお昼を食べるのが慣例になっていた。

「元部長、副社長になったのによくこっちに顔出してくれるな」

「まぁ、古巣が気になるんだろ」

「馬鹿ね。古巣が気になっているんじゃなくて、鴨島さんが気になるからに決まっているじゃない！　鴨島さん、なんだかんだいって美人だし」

「そうそう！　これだから男どもは――」

千愛はそんな会話を交わす同僚たちの脇を通り、扉の前に立つ。そうして研究室の引き戸を開けた。そこには予想通り、見上げるほどの長身がいる。

「天鷲部長、おまたせしました」

首を限界まで上に傾けながらそう言えば、元部長――天鷲《あまわし》晴馬《はるま》は千愛の姿を見下ろして、どこか嬉《うれ》しそうに笑った。

一九〇以上ありそうな身長に、長い手足。目鼻立ちは整っているが、中性的な感じは全くなく、どちらかと言えば男性的なゴツゴツとした印象がある。きっちりとした紺色のスリーピースの下にある胸板も分厚く、全体的にちんまりとしている千愛とは何もかも真逆だった。

「部長じゃなくて、元部長、な？　とりあえず、白衣は置いてこい」

そう言って、彼はこれまた大きな手のひらで千愛の頭を撫でるのだった。


陽《ひ》が入る明るい店内に、白い壁。天井は木本来の色にニスを塗っただけのチョコレイト色で、床は正方形のタイルが張ってある。テーブルと椅子の種類は様々で、だけどそのどれもが店内のモダンな雰囲気にあっていた。きっと店長がすべて手ずから選んだのだろう。それだけのこだわりを感じた。

二人が食事に赴いたのは、会社近くのカフェだった。そこは千愛がリクエストした場所で、食事も置いてあるが、どちらかと言えばカフェメニューの方が多い場所だった。ケーキの種類は二十種類以上あり、ランチと言うよりはアフタヌーンに利用する客の方が多かった。

「――ですから、私はBの商品を推していたんですが、やはり価格というものは避けて通れない壁ですね。私たちが作っているものは商品であり、顧客に買ってもらわなければ話は始まらない。今回は、これを失念していた私の負けです」

千愛はフォークを持ったままそう熱く語った。晴馬との食事になると、千愛はいつもこんなふうに仕事の話で白熱してしまう。白熱していると言っても、熱くなっているのはいつも千愛だけで、彼は黙って話を聞いてくれているだけだ。晴馬の話しやすい雰囲気がそうさせ

ているのだとは思うが、こんなに饒舌《じょうぜつ》に語れる相手は、家族を含めても他にいなかった。

ひとしきり、愚痴なのかなんなのかわからないことを話して千愛は一息つく。すると、晴馬は手元のサラダを口に運びながらふっと微笑《ほほえ》んだ。

「まぁ、大丈夫だ。鴨島の努力は無駄にならない。縮小したと言っても、人はいるんだ。お前が開発した商品は残った人間に引き継いだんだろう?」

「もちろんです！　価格を抑えるためにはどうしたらいいかという問題も、私なりに考えて解決案を出しています。後は彼らがそれをどうにか形にしてくれるといいんですが……」

「研究室の連中はみんな優秀だからな。その辺は問題ないだろう」

「そうですね。私も皆さんのことは信用しています！」

晴馬の言葉に、千愛は胸元で拳を握りしめ、しっかりと頷いた。

晴馬と話していると不思議と気持ちが丸くなる。先程までは自分の商品が採用されなかった悲しさもあってトゲトゲとしたような感情が前に出ていたが、今ではもうそれもない。

「それにしても、お前、昼はそれでいいのか?」

それ、と言って指されたのは目の前にある皿だった。彼女の前には三つほどの皿が並んでおり、すべてにケーキが載っている。右からショートケーキ、レアチーズケーキ、バナナクリームパイ、である。全体的に塩味というものが見つからない。

千愛はその中のバナナクリームパイにフォークを刺しながら、一つ頷いた。

「はい。実は次、ケーキの開発をすることになりまして、味の研究をしなくてはいけなくなったんです。胃の容量と相談した結果、こうするのが一番合理的だと判断しました」

「なるほどな。でもそれじゃ、栄養が偏るんじゃないか？」

「ご安心ください。身体を構成するのに必要な栄養素はすべてこちらで補っています」

　そう言って千愛がポケットから取り出したのはピルケースだった。その中にはジャラジャラと大量の錠剤が入っている。

「それは、サプリメント、か？」

「はい。しかもこれ、半分が我が社の製品で、半分が他社の製品なんです。こうすることにより自社商品の理解を深めるとともに、他社の製品がどういうものかの研究を一気にすることができます！」

「なるほど、合理的だな」

「でしょう？」

　どこか自慢げに胸をそらすと、目の前の晴馬は肩を揺らす。なにがそんなにおかしいのかよくわからないが、その視線はまるでどうしようもない子供を見ているような優しいものだった。

　千愛はバナナクリームパイを口に入れると、はっとなにかを思い出したような表情になった。

「あぁ、合理的と言えば一つお伺いしたいことがありました」

「鴨島が俺にか？　めずらしいこともあるもんだな」

「はい。実は結婚をしようと思うのですが――」

瞬間、晴馬が思いっきりむせた。食べているものが気管にでも入ったのだろうか、彼はしきりに咳をした後、そばにあったコーヒーを一口飲んで、息を吐き出した。

「大丈夫ですか？」

「……あぁ」

そうは言うが、晴馬の顔色は青白かった。もしかして体調が良くないのだろうかと思ったそのとき、彼が口を開いた。

「今、結婚という単語が聞こえた気がするが、気のせいか？」

「いいえ、気のせいではありません。私は結婚をしようと思っています」

「……冗談か？」

「私がこういう冗談を言うとでも？」

「そうだな。お前は、そう言うやつだよな……」

どこか諦めたようにそう言って、晴馬は首を振った。そしてしばらく固まった後、唸《うな》るような声を出した。

「……いつからだ」

「はい？」

「いつから、その結婚相手と付き合っているんだ？」

晴馬の顔色は誰が見てもわかるほどに悪くなっていた。なにかを我慢するように奥歯も噛《か》み締《し》めているし、もしかすると病院に行った方がいいのかもしれない。

「あの、天鷲――」

「もしかして俺の知っているやつか？　あの研究室の中に相手がいるのか？」

千愛が口を挟む余地がないほどに、晴馬は早口でそう捲《まく》し立《た》ててくる。もしかすると、この質問に答えるまで余計なことは喋《しゃべ》らせないつもりなのかもしれない。

千愛は緩く首を振った。

「まだ付き合ってはいません」

「は？」

「相手はこれから探そうと思っています」

「どういう、ことだ？」

晴馬があからさまに狼狽《うろた》えたのがわかった。彼は困惑を貼り付けたような表情でこちらをじっと見つめている。

千愛はどこから話そうか迷って、やっぱり最初からすべて話すことにした。

「実は――」

「つまり、両親を安心させるために結婚をしようと？」

「はい。両親が言うには結婚相手でなくとも、ルームシェアをしてくれる友人なら問題ないそうです。しかしながら、私には友人はいませんし、結婚をしてくれる相手を見つける方がハードルが低いと考えました」

「そうか……」

晴馬は先程からずっと眉間の皺《しわ》を揉《も》んでいた。なんだかこの数十分で数年分老けたように見える。それでもなお、カフェに入ってきた人はまず彼を見るし、近くの席の人間がこそこそとこちらを見て話をするぐらいには、彼は魅力的なのだが。

しかしながら、先程よりは幾分か体調はいいように見える。青白かった顔色ももとに戻っているし、もうむせるようなこともない。

千愛は話しながらそんな彼の変化にほっと息をついた。

「それで、天鷲部長にお願いしたいことがあるんです」

「な、なんだ？　改まって。……お前、まさか――」

ずいっと身を乗り出してきた千愛の分だけ彼は身を引いた。しかし、なぜかその顔色には赤が足されている。

「あの――」

「いや、まて！　そういうのは俺から言うべきだと思うんだが！」

口元に手を持ってこられ、千愛は「え？」と目を瞬かせた。

なにを勘違いしたのか、晴馬はしどろもどろになりながら視線を泳がせる。

「いや、言われて嫌ということではなく、格好がつかないと言うか、なんと言うか……」

「なにを言っているんですか？　とにかく、私がお願いしたいのは、結婚相手――」

「おい！」

「探しをお願いしたいということなんですが！」

時間が止まった。

いや、実際に時間が止まったなんてことはないのだが、そうとしか言い表せられないように、空気が一瞬ピンと張り詰めたのだ。

そんな沈黙が二十秒ほど続いて、晴馬はようやく顔を上げた。

「は？」

「ですから、私が求める結婚相手をより効率的に見つける方法を、天鷲部長に教えていただきたいんです」

千愛が改めてそう言うと、晴馬は肺の底から空気をすべて吐き出した。テーブルに肘を置いてその上に頭を置いている彼は、なにか苦悩しているようにも見える。

「なんだ、そういう……」

「どういうことだと思ったんですか？」

「いや、それは……」

晴馬は言いにくそうに口をモゴモゴとさせた後、「なんでもない」と一人で話を終わらせてしまう。千愛は首を傾《かし》げた。

「というか、なんで俺に聞くんだ？　もしかして、俺はなにか試されているのか？」

「いいえ、なにも試してはいませんが？　天鷲部長にお聞きするのは、私が知る中で一番モテそうなのが貴方《あなた》だったからで。……もしかして、ご迷惑だったでしょうか？」

「いや、迷惑ってことはないんだが、ちょっとびっくりしてな」

「そうですか。すみません」

千愛は頭を下げる。

それにしても、こんなにも疲弊してしまうほど、千愛が結婚するのは晴馬にとって驚くべきことだったのだろうか。なんだかそれにはムッとしてしまう。

確かに、晴馬と比べれば千愛の恋愛経験なんて、月とスッポンどころか月とミジンコだ。というかミジンコというのでさえもおこがましいかもしれない。けれど、そこまで驚かなくてもいいだろう。千愛だって一人の女性だ。恋愛もすれば、結婚もするはずである。

……多分。

千愛は気を取り直して続きを話した。

「私は今まで男性と付き合ったことがなく、こういうことに疎いもので。とりあえず、結婚相談所というものに登録をしようと思ったのですが、種類もたくさんあるので迷っているんです。なので、とりあえずご意見を伺いたいな、と」

「色々言いたいことがあるんだが、とりあえず結婚相談所はやめてくれないか？」

「あぁ、やはり最近はマッチングアプリなどが主流なんですね。大丈夫です。そちらは手当り次第登録をしておきました。ただ、あまりにも多くのメッセージが届くので、それはそれでどうしたものかと……」

「マッチングアプリもだめだ！」

思わずといった感じで晴馬は声を上げる。その声が少し大きかったからだろうか、それとも内容が内容だったためか、カフェにいる人間の視線が晴馬に集まった。

「いや、悪かった。ちょっとあまりにも情報が多くて……」

「いいえ、私のためにそこまで熱を上げてくださっていると知って感動しました。やはり天鷲部長に相談してよかったです。さすが恋愛のプロフェッショナルですね！」

「恋愛のプロフェッショナル……な」

なぜか彼の顔には自嘲気味な笑みが浮かんでいる。

「それでは、どのような方法が良いでしょうか？　実は、男女の出会いの場ということで、中村さんに合コンとやらの手配をお願いしたのですが、断られてしまって……」

「そうか……」

沙耶香からは『元部長が可哀想《かわいそう》だからやめてあげな?』と断られている。どうして彼が可哀想なのか皆目見当もつかないが、予定を組んでもらえないのだから仕方がない。

「正直なところ、本当にどうしたらいいのか」

こんなに困ったのは生まれて初めてだった。解決案が浮かばないということもそうだが、今まで対応したことがない問題ばかりで、正直どこから手を付けていいのかわからないのだ。

晴馬はしばらく考えた後、「事情はわかった」と一つ頷いた。そして、どこか意を決したような表情になる。

「一つだけいい案があるんだが」

「本当ですか⁉」

千愛が食いつきを見せると、彼はなぜか怯《ひる》んだような表情になる。

しかしここまで来ては引けないと思ったのだろう。彼はテーブルに置いてあった千愛の手に自分のそれを重ねた。

「俺と結婚しないか?」

「へ? ……天鷲部長と、ですか?」

「あぁ、俺なら君の条件にピッタリと当てはまると思うんだが」

千愛は目を瞬かせた後、少し考えた。そしてわずかに首を捻《ひね》る。

「そう……でしょうか？」

正直な話、条件という話ならば、晴馬は男性であることと結婚適齢期だということしか当てはまらない気がする。確か晴馬の年齢は三十二歳だったはずだ。それに、千愛としてはすごく年下や年上でなければ、年齢はあまり気にしていない。そう考えると彼はそこまで当てはまっていないような気がした。

「まず、俺は家事ができるし、嫌いじゃない」

その断言に千愛は「おぉ！」と歓声を上げる。

「普段は家事手伝いの人間を雇っているから日常で家事をすることはないが、それは時間がないからというだけだ。時間があれば自分の身の回りのことぐらいはできる。現に学生時代は一人暮らしをしていたしな。それに、君と結婚するのなら、今のまま家事手伝いの人間を雇い続ければ身の回りのことはすべて解決する」

「それは確かにそうですね。プロの方を雇うというのは思いつきませんでした！」

「そして、これは自分で言うのもなんだが、俺は割としっかりとした人間だ。生活面でなにか困ったことがあれば、いつでも君のフォローに回れる」

「それは存じています！　天鷲部長はしっかりとした人間ですよね！」

かつて彼が自分の上司だった頃を思い出して千愛は頷いた。

「しかも、君と俺は会社が一緒だ。そして、俺は車で通勤している」

「もしかして、毎朝乗せていってもらえるということですか⁉」

「まぁ、そうだな。車だと一人で行こうが二人で行こうが変わらないからな」

「それは助かります！　私、満員電車というものがどうも苦手で……」

身長が一四八センチしかない千愛は、女性の中でもかなり小さい方に分類される。服だって靴だって、子供サイズを着ようと思えば着られる体型なのだ。

そんな彼女にとって、満員電車というものは恐怖の対象だった。毎朝あれでもみくちゃにされるたびに、ちょっとだけ泣きそうになってしまう。

人と人の間に挟まれるだけならまだマシだが、挟まれた挙げ句、床に足がつかないなんてことだってある。人と人との摩擦抵抗で浮いているのだ。苦しいなんてものじゃない。

もういっそのこと研究室で寝泊まりするのが合理的なのではないかと寝袋を持ち込んだことがあるのだが、それはさすがにやめとけとみんなに止められてしまった。

酵母や発酵食品の様子を見るために、シャワーなどは完備してあるし、仮眠室もあるのでいい案だとは思ったのだが……。

「後は、そうだな……。名字だって君が変えてほしいというのならば、俺の方が変えよう」

「え、でも、部長のお家で名字を変えるのは難しくないですか？」

千愛が勤めているヘルスハーバーという会社は、もともと彼の叔父が興したものだ。彼の父親が直接経営に関わっているということはないが、それでも彼が社長の親族だということは変わりない。

「問題ない。確かに叔父さん——社長はすごい人だが、俺の父親は普通のサラリーマンだ。『天鷲』という名字にも歴史があるわけではないから、そのあたりも問題ないだろう。もし、父や他の親族がどうこう言ってくるようなら、俺が黙らせる」

「それは頼もしいですが……」

でもそこまで言ってもらえると、まるで彼が千愛と結婚したいかのように聞こえる。

「しかし、やはり申し訳ないです。私の完全なわがままに天鷲部長を巻き込んでしまうのは。結婚というのは一般的にはやはり大事ですからね」

「だが……」

「天鷲部長はいつも優しいですね」

こんな元部下のために結婚まで申し出てくれるなんて、優しいを越えて、彼は神かもしれない。千愛は自分の唇の端が上がるのを感じた。胸が温かくなる。

そうこうしているうちに千愛は左腕に付けているスマートウォッチが震えるのを感じた。見れば、時刻は十二時四十五分になっている。昼休みが終わる十五分前にアラームが鳴るように設定しているのだ。彼女は席から立ち上がり、晴馬に頭を下げた。

「すみません。私なんかの話に付き合わせてしまって。でも、なにかありましたらまた相談させて——」

そこで言葉を切ったのは、晴馬が千愛の手首を握っていたからだ。彼は真剣な表情で千愛のことを見上げている。

「俺も――」

「え？」

「ちょうど俺も結婚相手を探していたんだ」

「そう、なんですか？」

「そろそろどうにかしろと親に詰められていてな。困っていたんだ」

自分と似たような状況に、千愛は「そうなんですね！」と明るい声を上げた。

「天鷲部長も結婚願望なさそうですからね！」

「そう、だな……」

晴馬はそう頷くが、なぜか視線が合わなかった。なにかまずいものを食べたような表情で、視線を横にずらしている。しかし、彼は一息つくと、覚悟を決めたような表情になった。

「だから、俺と結婚しないか？　合理的に考えてそれが一番だと思うんだ」

「合理的に？」

「そう、合理的に」

まるでその言葉が合言葉だったかのように、千愛は手首を摑《つか》んでいた晴馬の手に自分の手を重ねた。すると晴馬ももう一つの手で千愛の手をゆっくりと覆う。

こうして千愛と晴馬の合理的な結婚が決まったのである。

◆◇◆

「――ということで、結婚することになりました」

『ちょっと待って。どういうこと⁉』

電話口の母親は、千愛の突然の報告にひっくり返ったような声を上げた。

それもそうだろう数日前まで結婚相手どころか友人もいないと宣《のたま》っていた自分の娘がいきなり結婚すると言い出したのだ。しかも、自分の会社の副社長と。展開に追いつけないのも無理はない。

『その人、本当に貴方の会社の人なの⁉　なにか騙《だま》されてない⁉』

「会社の人であることは間違いありませんが、騙されているかどうかはわかりませんね。騙されてないとは思うんですが……」

晴馬が人のことを騙すような人間だとは思わないのだが、確かに千愛もトントン拍子すぎるとは感じていた。しかし結婚する本人がこのような調子だと母親だって困惑してしまうだろう。千愛はわかっていることだけを端的に述べた。

「信頼のできる人だということは確かです」

　母親はその言葉にしばらくなにか考え込むような間を開けた。そして、ため息を付いた後、諦めを含んだような声を出した。

『あーもー、よくわからないわね。とりあえず、年末年始には挨拶に来るんでしょう？』

「みたいです。私は結婚とは二人でするものなので両親に挨拶などはいらないと言ったのですが、向こうが挨拶だけはどうしてもしておきたいと言うので……」

『……とりあえず、相手の方のほうが常識があるということだけわかったわ』

　電話口の向こうで母親が頭を抱えるような気配があった。

『なんかもう色々言いたいことがあるけど、わかったわ。年末、待っているわね』

　そうして、電話は切れた。

　あんなに望んでいた娘の結婚報告なのに全く嬉しそうでないのはなぜなのだろう。

　千愛はスマホをテーブルの上に置くと、時計を見た。時刻は二十一時を回っている。二十一時から二十一時三十分までが千愛の風呂時間だ。早く行かなければ予定が狂ってしまう。

　彼女はふぅと息を吐き出すと風呂場に行くために立ち上がった。入院したときに叱《しか》られたので部屋は一度掃除をしたのだが、また床には本がタワーを、ソファの上には服が山を作り上げようとしていた。

「私はこの生活で満足しているんですが、ね」

　でも確かに、不便であることは確かだ。こんなふうにものがどこにあるのかわからない状況だと小さなものはすぐにどこかに行ってしまうし、先日のように入院などというような事態になったときには、安易に「服を持ってきてほしい」などと人に頼みづらい。

千愛にだって一応羞恥心というものはあるのだ。

「でも、天鷲部長は本当に私で良かったのでしょうか」

晴馬も結婚相手を探していると言っていたが、千愛で妥協などしなくとも彼には他にいくらでも相手になってくれる人がいるだろう。あれだけ優しくて、頼りがいがあって、信頼ができる人間を千愛は他に知らない。

それに、晴馬は俗に言う『イケメン』というものらしい。

研究室のメンバーは千愛と同じであまり顔面に興味がない者たちばかりなのでそうではないが、他の部署の女子社員はきゃぁきゃぁ騒いでいるし、彼の顔面が原因で争いまで起こっているという。

だからこそ思うのだ。なんで、と。

千愛は自分自身のスペックをよくわかっていた。一般的に、千愛は魅力的な女性とは言えないだろう。もちろん、部屋はこんなんだが身なりは一応整えているし、清潔感はそれなりに保っていると思うが……それだけだ。モデルのような高身長ではないし、グラビアアイドルのようなメリハリのある肉体も持ってはいない。

ちなみによく例えられる動物はリスだ。猫系女子というのは聞いたことがあるし需要もありそうだが、リス系女子なんてものにおそらく需要はないだろう。

「たまたまタイミングが良かったのだとしても、天鷲部長の判断は合理的じゃないですね」

しかし、合理的じゃない彼の判断に千愛は救われているのだ。

千愛は天鷲が結婚相手で心底良かったと思っているのだから。

千愛が風呂場の扉を開けたそのときだ。玄関の方からガタタ……という小さな物音が聞こえてきた。不思議に思い、千愛は扉にゆっくりと近寄った。そしてドアスコープを覗《のぞ》く。しかし、そこにはいつもの誰もいない廊下があるだけだった。

千愛はチェーンをかけたまま、扉を開けて廊下を見た。すると……

「ハンカチ?」

千愛は廊下に誰もいないことを確認すると、チェーンを外し、扉を開けた。そして、ハンカチを手に取った。

「男性のもの……ですね」

帰ってきたときには確実になかったそれを手に取る。

千愛は困惑を顔に貼り付けたまま、首を捻るのだった。

◆◇◆

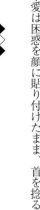

「片想《かたおも》いしていた相手と、結婚することになった……」

「それは、おめでとう……でいいのか？」

晴馬の大学生時代からの友人である服部真也《はっとりしんや》がそう首を傾げたのは、晴馬が「結婚することになった」と言う割にはあまり愉快そうじゃなかったからだろう。

場所は会社の近くにあるバーだった。古いビルの地下にあるそこは、こぢんまりとして薄暗く、隠れ家、という単語がよく似合いそうな場所だった。灯《あか》りはカウンターの上にあるトップライトと、足元を照らす間接照明。酒瓶が置いてある棚とマスターの手元を照らすライトもあるが、こちらの光量はあえて絞られていた。

週に一度か二度ほど、晴馬はそこで真也と酒を酌《く》み交わすのが習慣になっていた。

そして今夜も、カウンターのいつもの席で晴馬は真也と話していた。

「『片想いしていた相手』ってあれだろ？　ここ最近お前が追いかけ回していた、不思議めがねちゃん」

「いやまぁ、そうだが。……なんだ、『不思議めがねちゃん』って」

「俺がつけたあだ名だ」

真也はそう言って肩を揺らした。

小さな防犯グッツのショップを経営している真也の服装はラフそのものだ。ジーンズにオーバーサイズのパーカー。髪の毛だって肩まであるくせ毛を一つにくくっている。スリーピースのスーツをきっちりと着こなしている晴馬とは真逆と言ってもいいような格好だ。

「話を聞く限りそうとしか言いようがないだろう？　……で、その子との結婚が決まったんだ。めでたいことじゃないか！」

真也はそう言って口元に笑みを浮かべた後、晴馬の背中を軽く叩いた。しかし、すぐなにかに気がついたような表情になり、首を傾げた。

「ん？　でもお前、いつから付き合っていたんだ？　先週も『食事に誘ったが、断られた』とか言ってなかったか？」

「……付き合ってない」

「は？」

「だから、付き合ってないまま、結婚することになった。……合理的に」

「合理的に？」

真也が、心底意味がわからないというような顔で首を傾げる。

晴馬はそんな彼に昼間にカフェであった出来事を彼に話して聞かせた。

その結果――

「あははは！　まじか！　その子、まじか！」

腹を抱えて笑われた。

静かなバーに真也の笑い声が響く。他に客がいれば迷惑にもなりそうな声量だが、他に誰もいないのでマスターも特に注意することはなかった。

　真也はひとしきり笑うと、声の大きさをもとに戻して、笑いすぎで目尻にたまった涙を指先で拭った。

「いやぁ、すごいこと考えるなぁ。その子も、お前も」

「俺も？」

「普通、その状況でプロポーズまで行かないだろ。さすがに結婚相談所とかは止めるだろうが……」

「お前はまだ鴨島のことがなにもわかってないな。あそこで彼女を野放しにしたら、一週間後には結婚相手とやらを見繕ってくるぞ？」

「随分と行動的な子なんだな」

「魅力的な子なんだ」

　むっとした表情でそう言い返すと、真也はまた腹を抱えて笑う。

「それで、結局なにを悲観しているんだよ。全くなびいてもらえなかった片想いの相手と結婚できるんだぞ？　ここは普通に喜ぶところじゃないか？　たとえ今、向こうからの気持ちがなくても、結婚すれば一緒に過ごす時間も多くなるんだし、それは後々考えればいいだろ？」

「振り向いてもらえる未来が全く見えないのが問題なんだ……」

晴馬は大きくため息を付き、頭を抱える。

「彼女が俺と結婚するのは、完全に、都合がいいから、だ。それ以上の理由はないし、ましてや俺に対しての気持ちなんてものは全くない」

「お前、そこまで悲観的な人間だったか?」

「悲観的じゃない。事実を言っているだけだ。今日聞いて衝撃的だった台詞は、『天鷲部長と結婚したら、私の十年生存率が向上しそうで、とても嬉しいです!』だぞ? 信じられるか?」

「生存率!」

またこらえきれないとばかりに真也が笑う。

「でも、嫌われているわけじゃないんだろ? 結婚するぐらいだから、向こうだってお前のことはそれなりに好きなんじゃないのか? 異性としてって意味じゃなくても、人間としては好き、程度には」

「それは、まぁ、そうだと嬉しいな……」

正直なところを言うと、これには少し自信がある。現時点で千愛と自分以上に仲良くしている異性などはいないし、彼女もどこか晴馬には他の人以上に心を開いているように見えるからだ。だからこそ、突然の結婚報告にあれ程の衝撃を受けてしまったのだが。

「それなら、これ、とかどうだ?」

「これ？」

晴馬がそう聞き返しながら真也の方を見ると、彼の手には酒の入ったグラスがあった。

「お前……」

「勘違いするなよ？　別に酔ったところを襲えって言っているわけじゃないんだ。ただほら、酒ってのはいろんなものを柔らかくするだろ？　態度とか、心とか、頭とか。お前がこうやって俺に何もかも正直に話しているのだって、酒の力を借りているからだろうし」

真也はウィスキーの入っているグラスをわずかに傾ける。

「そんなふうに、ガチガチにルールで自分を縛っている子なんだ。もしかしたら色々と溜《た》め込《こ》んでいるかもしれないじゃないか。酒を飲ましたらそういうのを吐き出してくれるかもしれないし、吐き出したものをお前が聞いてやるだけで向こうは救われると思うぞ？」

「それは……」

確かにそうかもしれないと思った。

彼女が無理をしてあんな四角四面でいるとは思わないが、ああいうふうに生きるのはどうやっても他者との摩擦が起きてしまうだろう。それに彼女がまったく心を乱されないとも思えない。そういうのを聞くことによって深まる心の関係というものもあるだろう。

「それにしても、なんでそんな女がいいんだよ。面白い子だとは思うけど、今まで付き合ってきた女とはタイプが違うだろ？」

「それは……」

「自分の中にしか他人を測る物差しがないって人間は、そいつの気分を変えてやればどうにでもなるが。自分の外にしか他人を測る物差しがない人間ってのは、頑固者で融通が利かない。……その分、面倒だぞ？」

「……でも、そういうところがいいんだ」

晴馬は口元に手を当てながら、まるで拗《す》ねるようにそっぽを向いた。

耳の奥に、いつか聞いた千愛の声が蘇《よみがえ》る。


『私が評価している貴方を、貴方自身が蔑《ないがし》ろにしないでください』


あれは一年前。ちょうど晴馬が副社長になろうかというときだった。まだ内示は出ていないが人の口に戸は立てられないというように、社内では晴馬の昇進が噂《うわさ》になっていた。

それまで晴馬は自分が社長の甥《おい》だということは隠して仕事をしていた。それは、社長の親族だという色眼鏡で見られたくなかったからで、仕事をする仲間から距離を取られないようにするためでもあった。しかし、副社長になるという話とともにそういった隠していた話もどこかしらから明るみになり、気がつけば会社の中で晴馬が社長の甥であることは共通認識になっていた。

晴馬は批判されることをある程度覚悟していた。晴馬が副社長に指名された理由と、彼が『社長の甥』であることは全くの無関係ではなかっただろうからだ。けれど、晴馬はそれまで企画部部長として会社の柱となるようなヒット商品をいくつも作り出してきたし、利益も上げてきた。彼が社長の親族でなくても経営陣に加わるだろうということは、誰の目から見ても明らかだった。

だから、晴馬は誰になにを言われていても胸を張る気でいたのだが……

『いやぁ、生まれに恵まれている方は、人生が楽そうで羨ましいですなぁ』

まさか最初にそう批判してくるのが、自社の人間ではなく、取引先の社長だとは思わなかった。

『このまま会社を継がれるのですか？　いやぁ、羨ましいですねぇ。私のような小市民は四苦八苦しても小さな雪玉を転がすだけしかできませんから。私も最初から大きな雪玉を転がしてみたかったですよ』

ようは、楽をして大きな会社を背負えて羨ましいな、ということだ。別に会社を継ぐことなどは決定していないのに、まるでそれが既定路線かのように言うのも気に入らなかったし、何よりショックだったのは、晴馬がそう言った彼のことをそれなりに尊敬していたからだった。まさか彼が嫉妬にかられてこんなことを言う人間だとは思いもよらなかったのだ。

晴馬がどういう言葉を返そうかと迷っていると、たまたま一緒に会社を訪問していた千愛が声を上げたのだ。

『天鷲部長が副社長になられることに、なにかご不満でもあるんですか?』

そのまっすぐな問いは相手の社長を怯ませた。

彼女はそのままの勢いで淡々と続ける。

『うちの会社で天鷲部長の昇進を疑問視する人はいません。彼はそれだけの利益を会社にもたらしてきましたので当然です。彼は正当な評価を受けているだけです。社外の、なにも知らない人間がそれに口を挟むのはどうかと思いますが、いかがでしょうか?』

淡々と、ただただ淡々と。

彼女はそう言って場を凍らせた。

そうして、帰り道。『あんなことで反論しなくていい』と言った晴馬に、彼女は声をこれでもかと尖らせた。

『天鷲部長が反論しないから、私が反論したんです。私は言うべきことを言ったまでです』

『いや、しかし……』

『貴方はもう少しきちんと怒るべきです。私が評価している貴方を、貴方自身が蔑ろにしないでください』

それが晴馬が初めて見る彼女の怒った表情だった。いつもこちらに反論してくるときだって、彼女は不満そうな顔をしても怒ったりはしないのに……

『会社の人間は、少なくとも貴方と直接仕事をしたことがある人間は、なにも言いませんよ。貴方はそれだけのことをやってきたんです。それでももし、なにか言う人間がいるのならば私に言ってください。ぐうの音も出ないほどのデータで相手を黙らせてみせますから』

それまで、彼女は感情とは切り離された人間だと思っていた。怒ることもなければ笑うこともない機械のような人間だと。

しかし、このとき彼女は笑ったのだ。晴馬に向かって微笑んでみせたのだ。

『安心してください。あんな取引先がなくなっても、私の開発した「一日分の食物繊維と鉄分が取れるパンだよ！」を商品化すれば、他にいくらでも取引先が見つかります！　ですから、天鷲部長は安心して――』

彼女がそこで言葉を切ったのは、天鷲がこらえきれず笑ってしまったからだ。

千愛はどうして笑われているのかわからない様子で、首を少し傾げていた。

『やっぱり鴨島は変なやつだなぁ』

『そう……でしょうか？』

千愛を意識するようになったのは、この出来事があってからだった。

目は自然と彼女の姿を追うようになり、機会があれば仕事以外のことでも話しかけるようになった。

そうして気がついたのは、千愛が社内で密かにモテているという事実だった。

男性社員に食事に誘われるのは日常茶飯事で、プレゼントなどもよく渡されたりしている。明らかに告白めいた言葉を告げられている場面に遭遇したこともあるし、千愛から声をかけられた男性社員が頬を染めているのも何度か目撃した。

それらがすべて不発に終わっているのは、ひとえに千愛があまりにもそういう方面に対して無頓着で鈍感だからだ。しかし、それもいつまで続くかわからない。もしかすると明日には、彼女は誰かの恋人になっているかも知れない。

そう思ってから、晴馬は積極的にアプローチを仕掛けるようになった。

しかし、仕事のサポートをしようにも千愛は割と一人で何でもこなせてしまうし、共通の趣味を見つけようにも、彼女はプライベートをまったく明かしてくれない。残業が長くなった日にはコンビニのお菓子などを差し入れてみたりもしたのだが、「この時間に食事を摂るのは身体に悪いので」とすげなく断られてしまった。

結局許されたのは週に一、二度ほど一緒に昼食を摂《と》ることまでだった。彼女はいつまで経っても晴馬の気持ちに気がつかないし、彼女自身が歩み寄ってくることもない。

そこにきての、この結婚だ。

急転直下もいいところである。

「酒、か」

正直、縋《すが》れるものならなんでも縋りたい気持ちでいっぱいだった。藁《わら》なんて贅沢《ぜいたく》なことは

言わないから、なにかもう少し彼女に近づくためのきっかけが欲しい。

「そういえば、近々いいワインが入りそうなんですよ。もしよかったら、奥様にいかがですか？」

話を聞いていたマスターがそう口を開いた。

晴馬はその言葉に一瞬だけ目を見開き、そうしてすぐ口をへの字に曲げた。

不機嫌になったからではない。奥様という単語がくすぐったかったのだ。

晴馬は少し熱くなった頬を片手で隠した。

「それじゃ、一本用意してもらおうかな」

別に、真也の言葉を真に受けたわけではない。わけではないが、結婚のお祝いぐらいはやってもいいかもしれない。

そのときにはワインの一本ぐらい開けてもいいだろう。

「頑張れよ」

そうニヤニヤしながら背中を叩く真也の手を、晴馬はうざったそうにはらいのけた。

◆◇◆

ひょんなことから決まった結婚だったが、年末だったこともあってか、年末年始の連休でとんとん拍子に話が進んでいった。天鷲家の両親も鴨島家の両親も驚いてはいたが反対することはなく、一月一日には入籍、一月四日には新居に入居という運びになった。

内見もせずに決めたマンションだったが、晴馬の知り合いの不動産屋が手配をしてくれたということもあり、住心地はとても良さそうだった。

部屋の数は４ＬＤＫと、二人で過ごすには十分だし、リビングダイニングは二十畳以上もあり、広々としていた。

引越し業者には荷ほどきまでしてもらうプランでお願いしており、細々としたものはさすがに千愛や晴馬が直接ダンボールから出したが、その日の夕方になる頃には部屋はもう住める状態にまでなっていた。

千愛はリビングを見回しながら、この合理的でスピーディな展開に満足そうに頷いた。

「天鷲部長と結婚したのは正解でしたね！」

「とりあえず、そう言ってもらえてよかったよ」

天鷲はどこか困ったような顔で苦笑を浮かべた。

「それよりも、本当に名字を俺の方に合わせてもらっても良かったのか？」

「別にいいですよ。会社ではもとの名前で行く予定ですし、カード関係の変更も書類を出せば終わりでしょう？　問題ありません。それよりも、こちらに名字を合わせてもらった後、同僚になにか聞かれる方が億劫《おっくう》です」

「そうか。君がそれでいいのならいいんだが……」

『父親を説得する』と言った手前、名前を合わせてもらうことに抵抗を感じているのだろう。晴馬は申し訳なさそうな顔で眉根を寄せている。

千愛は晴馬に向き合い、深々と頭を下げた。

「今日からどうぞよろしくお願いします！」

「あぁ。俺の方こそ、どうぞよろしく」

お互いに向き合ったまま腰を折る。結婚したばかりの、いわゆる新婚と言われるような二人にしては、随分と他人行儀な挨拶だな、と千愛は思った。しかしまぁ、結婚したといっても、千愛たちの結婚は普通の結婚ではないのだ。

合理的な事実に基づく、合理的な結婚。

そこに気持ちが介在するような余地はなく、ただただお互いに都合が良かったから二人は一緒になっただけなのである。

そう考えると、むしろこのぐらいの距離の方がちょうどいいのかもしれない。

「そういえば、今日の夕食はどうする？」

「夕食、ですか」

千愛は時計を見た。時刻は午後五時。確かにそろそろ夕食を食べる時間である。明日からは家事手伝いの人が来てくれるとの話だったが、今日は頼んでいないので自分たちでどうにかしないといけない。

「どうしましょうか。あまりお腹《なか》は空いていませんね」

「もしかして食べないつもりか？」

「そう、ですね。まだ考えの途中ですが……」

「それなら、俺がなにか作ろうか？」

その提案に、千愛は目を見開いた。

「大したものは作れないが……」

「ありがとうございます。しかし、大丈夫です。私は私でなんとかしますので！　天鷲部長はご自分の分だけご用意してもらえれば……」

「できれば、夕飯は毎晩一緒に食べないか？」

「え？」

「いや、お互いに忙しい身だからな。できるだけ、でいいんだが……」

晴馬はじっと千愛を見つめたまま真剣な表情で続ける。

「君にとって俺は単なる同居人かもしれないが、俺は君と結婚したつもりだ。家族になったんだから、できるだけ仲良くしたいと思っているし、そのために会話するような時間を設けることは必要だと思う」

「家族……ですか？」

千愛は考える。確かに彼のいうことも一理ある。千愛だって彼といがみ合って生活したいわけじゃない。せっかく一緒に暮らすのだから仲良くしていた方が、互いに気持ちがいいだろう。それで一日の生産性が変わるのならばぜひ取り入れるべき日課である。

「もちろん、嫌ならそれでもいいんだが……」

「わかりました。一緒に夕食を摂りましょう」

「いいのか？」

「問題ありません。私たちは運命共同体となったんですからね。お互いにお互いを知っておくことは損にはならないはずです」

胸を張りながら言うと、晴馬は一瞬だけキョトンとした後に、こらえきれず噴き出した。

「君は相変わらずだな」

「なにか変なことでも言いましたか？」

「いや、悪い、悪い。これは単なる思い出し笑いだ」

「思い出し笑い……？」

なんで笑われているかはわからないが、どうやら不快に思われたわけではないようだった。

「しかし、どうしましょうか。材料があればなにか作れるんですが……」

「俺が作るから問題ない。実は、さっき家を空けたときに買い物を済ませてきていたんだ」

「おぉ！」

千愛は感嘆の声を上げる。確かに引っ越しをしている最中、天鷲がいなくなった時間があった。なにをしているのかと思っていたが、まさか夕食の買い出しに行っていたとは。やはりできる人間は違う。

「と言っても、大したものは作れないがな。……千愛は苦手なものやアレルギーのあるものはあるか？」

そう言って彼は冷蔵庫を開ける。

最初に運び入れて電源もつけていたので中はもうちゃんと冷えていた。

千愛が「なんでも食べられます！」と答えると彼は「そうか」と微笑んでキッチンに立つ。そうして、シャツの袖をまくりあげ、手を洗い、フライパンを握る。家事は苦手じゃないと言っていた通りに、その手付きはこなれていた。

「というか、先程の口調だと料理は作れるんだな。家事は苦手だと言っていたのに」

「食品を扱う会社に勤めているんですよ！　当然です。しかし、世の中にはやはりプロの方がいますからね。どうしてもそういう人の味には劣りますし……」

「そう言い出したら、キリがないだろう？」

それはそうなのだが、美味しいものが作れないのならば、作ること自体が無駄な行為に思えてくるのだから仕方がない。もちろん味の研究にキッチンに立つことは有意義なことだし、必要なことだが、自分しか食べないものを手間ひまかけて作り、その結果あまり美味しくないものが出来上がるというのは、なんとなく虚《むな》しい気持ちになってくるのだ。

それならば興味のあるお店に一軒でも多く出向いて、美味しい料理を食べた方が仕事にも己の精神の健康にもいいように思えてくる。

「そういえば、今日はなにを作るんですか？」

一口大よりも大きな肉の塊を焼き出した晴馬に、千愛はカウンターからキッチンの方に身を乗り出して聞いた。

「少し時間がかかってもいいなら、ビーフシチューでも作ろうかと思っているんだが」

「ビーフシチュー！」

「好物か？」

「大好きです！」

その勢いが強かったためか、晴馬は笑った。

晴馬は牛肉と玉ねぎ、それと人参《にんじん》を炒《いた》め終えると、別の鍋で温めていたブイヨンをゆっくりと注ぎ入れた。

その手際に千愛は感嘆の声を出す。

「天鷲部長はやっぱり料理が好きなんですね！」

「まぁ、そうだな。……というか、そういうのはやめないか？」

なんのことかわからず、「そういうの？」と首を横に傾けると、晴馬は視線をこちらに向けないまま「呼び方だ」と口にした。

「俺はもう君の『部長』じゃないだろ？」

「つまり、天鷲……副社長？」

「……違う」

こちらを見た晴馬の表情は「なんでそうなるんだ……」と言っているようだった。

「晴馬、だ」

「はい？」

「俺は君の、その、夫、だろう？」

どこか自信なさげにそう言われ、千愛はしばらく黙った後に「そう、ですね」と頷いた。

「それに、書類上だけではあるかもしれないが、君の名字ももう天鷲だ。これから夫婦でいろんな場所に行くこともあるだろう？　そのたび、出会う人たち全員に自分たちが名字で呼び合っている理由を話して聞かせるのは面倒じゃないか？」

「なるほど……」

夫婦が名字で呼び合っているというのは、確かに余計な憶測を生みかねない。それをいちいち訂正して回るより、呼び方を変える方が遙かに楽だ。実に合理的である。

「それでは、これから天鷲部長のことは『晴馬さん』と呼びますね」

少しだけ、ほんの少しだけだが、そう呼ぶことに抵抗があった。名前で呼ぶことが嫌というわけではなく、なんとなく気恥ずかしくて。

それがお互いの関係を壊してしまう一歩のような気がした。

「ありがとう、……千愛」

低い声でそう言われ、急に胸元が痒《かゆ》くなった。表面ではなく、心臓のあたりを掻《か》きむしりたくなったのだ。

それは徐々に熱という形で全身に広がり、千愛は晴馬からわずかに視線をそらした。

晴馬はそんな彼女の様子に気がつくことなく、黙々と調理を続けている。

「よし、後は煮込むだけだな。一時間ほどだが、部屋に戻っているか？」

「いいえ。ご迷惑ではないのならここで本でも読んでいます」

先程までは部屋に帰ろうとしていたのに、なんだか妙に離れがたくなって、千愛は部屋から読みかけの分厚い本を持ってくると、食卓でそれを読み始めるのだった。


そうして一時間後――

「お、美味しそうです！」

皿に盛られたビーフシチューを見て、千愛はそう声を上げた。

食べていないので味はわからないが見た目だけならプロ顔負けだ。大きな牛肉がゴロッと入っていて、野菜は程よく溶けている。トマトベースで作ったのだろう、わずかに香りにはトマト特有の酸味も混じっていた。

「今日は時短のレシピで作ったからな。今度はもっとじっくり煮込んだやつを作ろうかな」

「楽しみにしています！」

「もしよかったら、ワインもあるんだが、一緒に飲まないか？　一応、引越しのお祝いに、と思って買ってきたんだが……」

「ワイン、ですか？」

晴馬がテーブルの上に置いた瓶に千愛は少し目を見開いた。まさか彼がこんなものまで用意してくれているとは思わなかったのである。

「私、基本的にお酒は飲まない主義なんです」

「そうなのか？」

「はい。お酒は百害あって一利なしですからね」

「それは……、確かにそうだな」

「それに、大学生の頃、人に止められまして」

「人に？」

「どうやら、私はあまり酒癖がよくないみたいで……」

千愛の言葉に晴馬は驚いたように目を見張った。

まさか君が……？　という彼の言葉が聞こえてきそうな顔だ。

「なので、あまり飲めなかったらすみません」

「……飲むのか？」

「はい。そのために買ってきてくださったのでしょう？」

もう随分と古い文化にはなったが、飲みニケーションという言葉もある。それに、関係性を深くするために酒を酌み交わすのは日本古来からある、世界にも散見する、習わしのようなものだ。千愛としては一緒に酒を飲み交わすだけで相手と仲良くなれるとは全く思わないし、根拠のない話だとも思うのだが、理性的で論理的な生物である人間が、それらの文化を今に至るまで残しているということは、数字では表すことができない何らかの効果があるということで。要するに――

「晴馬さんと、仲良くできたらいいと思いまして」

それは純然たる本心だった。

千愛は昔から人付き合いが得意ではない。千愛の融通の利かない性格やなにを言われても自分を曲げない強情さは、集団を形成するときには邪魔になるもので、いじめられてきたわけではないが、いつもどこか遠巻きにされてきた。千愛もそれを気にする性格でもなかったので、会社に入り、今の研究室のメンバーと知り合うまで、人付き合いというものを全くやってこなかったのだ。

研究室のメンバーは同じ穴のムジナと言うか、変わっている人が多く、いい意味でも悪い意味でも自分のことを中心に考える人間が多いからか、今のところうまくやれている。

そんな研究室のメンバーとは別に、千愛が初めて仲良くしたいと思ったのが晴馬だった。

晴馬は昔からよく人を見ている人間だった。人間がもともと好きなのだろう、彼はいつも細やかな配慮をしてくれて、周りの人間からも一目置かれていた。そんな彼に助けられたのも一度や二度ではない。

特に千愛は他の人に比べ、人の心がわからない。同僚と喧嘩《けんか》しそうになったことは一度や二度ではないし、そのたびに彼は千愛をフォローしてくれた。

それに――

『君は彼女のことを四角四面だとか、ロボットだとかいうが、彼女ほど他の人間をきちんと見て評価している人はいないぞ』

そう言って心無いことを言う同僚から助けてくれたことも数え切れないほどあった。

晴馬が自分の上司だったのは一年間という短い期間だったが、それでも千愛は彼のことを尊敬していたし、嫌われないようにしてきた。

彼とは仲良くしたい。

それは、夫婦だからというより、晴馬だからだった。

仲良くできたらいいという千愛の言葉に、晴馬が唇を引き上げた。

「どうかしましたか？」

「いや、そう思ってくれているのならば、嬉しいと思ったんだ」

晴馬はワインのコルクを開けると、こちらに瓶の口を向けた。千愛が手元に用意してあったグラスを持つと、晴馬はそれに赤い液体を注ぎ込む。

「とりあえず、乾杯するか」

「毒が入っているかどうかは疑っていませんよ？」

「俺たちは海賊じゃない。これは、祝いの盃《さかずき》だ」

晴馬はそう言って笑い、こちらにグラスを傾けた。

チン、という甲高い音がその場にこだました。

◆◇◆

やってしまった……

というのが晴馬の正直な感想だった。

目の前には赤い顔をした千愛の姿。手にはワイングラスがあり、彼女はそれをまた一口煽《あお》って、赤い顔をさらに赤くした。

「千愛、もうそろそろ……」

「大体、ぶちょーは、わたしのしょうひんのかちをただしくりかいしてくれてないんですよ！」

千愛は子供のように舌っ足らずの口調でそう言って、グラスをごん、と置いた。

先程からずっとこんな調子である。

もうちょっと『やらかした』をちゃんと真剣に受け止めておけばよかった。

大学生の頃の彼女もきっとこうやって周りを困らせたのだろう。

普段はダイヤモンドよりも硬い理性を持っているような千愛だが、今ではその理性は豆腐のように軟弱に見える。

（確かにやわらかくはなったが、これは……）

常にキリッとしている彼女も素敵だが、フニャフニャになった彼女も新鮮だ。とろりととろけた目に、尖った唇。ふにゃふにゃと頼りのない身体は支えてやりたいと思うほどだった。

「ちょっと、聞いてますか？　晴馬さん」

「聞いてる、聞いてる」

晴馬がそう相槌《あいづち》を打つと、千愛が嬉しそうにふにゃりと笑った。

その表情を見た瞬間、少し顔が熱くなるのを感じた。

千愛がワインの瓶に手を伸ばす。晴馬はそれを見て、彼女の手が瓶に届く前に取り上げた。

「さすがにもうだめだ」

「ええ。どうしてですか？　まだ飲みたいです」

「……甘えた声を出してもだめだ」

「甘えてませんよぉ？」

小首を傾げると同時に眼鏡がズレた。その抜けた感じもかわいい。

「気がついているかどうかわからないが、フラフラだぞ？　またこけて怪我でもしたら、どうするんだ」

思い出したのは、彼女が先日入院したという事実だった。あの話を聞いたときは肝を冷やしたが、聞いたのがもう彼女が退院してしばらくたった後だったので、結局なにもできなかった。こういう時は彼女の直接の上司でないことが悔やまれる。

「あれは、こけて怪我をしたんじゃないですよ。人を助けたんです」

「は？　人を助けた？」

「はい。自殺をしようとしている人がいて……」

「自殺!?」

「いや。直接聞いたわけじゃないので、絶対って話じゃないんですけどね」

晴馬が唖然《あぜん》としている間に千愛は話を続けていく。

「会社の帰りになんか車道側をじっと見ている人がいたんですよ。その人、なんだか顔面蒼《そう》白《はく》で、表情もなんだか悲愴《ひそう》感が漂っていて。なんの気なしに観察していたら、その人急に車道に飛び出しちゃって……」

慌てて助けに入り、腕を引いたら、その反動で千愛の方が車道に飛び出してしまったということらしい。

その話を聞いて、晴馬はヒヤッとした。つまり、一歩間違えば彼女は車に轢《ひ》かれていたということだからだ。

晴馬は、彼女がこけたということは聞いていても、車に轢かれそうになったとか、車道側に飛び出したというのは聞いていなかった。

「その話、誰かに言ったのか？」

「言っていませんよ」

「なぜだ⁉」

「警察に話を聞かれるのが面倒だったので。その人も逃げちゃったということは、話を聞かれたくないということだと思いまして」

確かにそうかもしれないが、その男のせいで彼女が危ない目に遭ったのだ、しかもその話し方だと、彼はその後、自分のせいで怪我を負った千愛を助けていない。

彼を責めてどうこうなるというわけじゃないが、千愛を危ない目に遭わせた彼に晴馬は文句を言いたい気持ちでいっぱいだった。

「それに、死にたくなるほど人生に絶望している人を、これ以上追い詰めるのも可哀想じゃないですか」

「……千愛はやさしいな」

「そんなこと言われたの、初めてです」

嬉しそうな顔で千愛はほっこりと笑う。

「そうなのか？」

「私は、堅物で、四角四面で、融通が利かない人間らしいですからね」

その表情には悲愴感などは漂っていなかったが、彼女がそれらの言葉で多少なりと傷ついてきたということが声のトーンからなんとなく読み取れた。

「そんなことを言われてきたのか？」

「自分でも一応自覚はあるんです。ただ、『要領よく』とか『融通を利かせて』とか『臨機応変に』とか。そういう言葉が指すさじ加減が私にはよくわからなくて。だからもう出ている数字とか、事実に即して対応する方が楽なんです。……それに、私にとって合理的であることは、守ることですから」

「守る？」

「自分自身や、私に関わるすべての人を守るためのものです。気持ちや状況は、移り変わるものですから、そういうものに人生を預けるとろくなことになりません」

「それはもしかして、経験か？」

「……どうでしょうか」

彼女はいつもより口が軽くなっているような気がした。これもお酒のおかげだろうか。

千愛はワイングラスを回し、中を覗き込んだ。

「それにしても、ワインって美味しいんですね。初めて知りました」

「そうか。気に入ったのなら良かった」

「……もういっぱいください」

「それ以上飲んだら立ち上がれなくなるぞ？」

「そしたら、晴馬さんがベッドまで連れて行ってください」

ベッド、という単語に心臓が跳ねた。

別にやましいことは何一つ考えていないが、こちらは健全な男で、あちらもきちんと年齢を重ねた女性で、二人は夫婦で、おまけに晴馬は千愛のことが好きで、当然そういうこともしたいと思っているわけで……。

晴馬はそういった感情を０・１秒ですべて飲み込んだ後、少しだけ厳しい声を出した。

「だから、甘えるな」

「甘えちゃ、だめなんですか？」

その反論は予想外だった。唇を尖らせて彼女は不満を表している。

それがたまらなくかわいく見えて、晴馬は彼女から顔を背ける。

やっぱり今日の彼女はいつもとは違う。これがお酒のせいだというのならば、ちょっといろんな意味でこちらにも毒だ。

「晴馬さん。さっき、私たちは家族って言っていたじゃないですか！」

「千愛は家族にはそんなふうに甘えるのか？」

「……さぁ？」

「さぁ？」

「でも、甘やかしてはくれますよ？」

「……いい両親のもとで育ったんだな」

甘えている自覚はないが、いつでも甘えられる相手が家族ということだろう。晴馬は挨拶に行ったときの彼女の両親のことを思い出し、口元を緩ませた。

千愛はその表情をどう取ったのか、こちらに身を乗り出してきた。

「それに、夫に甘えるのは、妻として当然の権利だと思います！」

「言ったな……」

その言葉にはちょっと腹がたった。

こんな感情の伴わない結婚をしておいて、普通の夫婦の権利を主張するのか。

こっちの気持ちも考えてほしい。

「そっちが夫婦の権利を主張してくるなら、こっちだって権利を主張するからな」

「いいですよぉ？　なんですか？」

全くなにもわかってなさそうな顔で彼女はこちらを見てくる。

かわいい。

かわいい……が、今この状況では凶悪以外の何物でもない。

晴馬はため息混じりに「なんでもない」と首を振った。

「本当に立てなくなったらベッドに連れて行くからな」

そういった晴馬ももしかしたら酔っていたのかもしれなかった。

ある種の警告を含んだその声を聞き取れていない千愛は、「ありがとうございます」と笑って、もう一杯くださいとばかりに、ワイングラスをこちらに向けてくる。

晴馬は少し迷った後、それにワインを注ぎ入れた。

「えへへ……」

嬉しそうな彼女の顔を見ていると、まぁ、これでよかったか、とも思えてくる。

もともと、このワイン自体、彼女に飲ませるために用意したものだ。ここまでお酒に弱いのは予想外ではあったが、喜んでくれるのならば用意した甲斐《かい》があるというものである。

しかし、そう思ったのも束《つか》の間《ま》だった。

「あ」

かちゃん、と音がして、そちらの方を見たときにはもうすでにグラスが倒れていた。入っていたワインがテーブルの上を流れて彼女の服を汚している。

彼女の着ていた真っ白い薄手のニットは、真っ赤に染まってしまっていた。ついでにその下に履いているジーンズにもワインはシミを作っている。

「大丈夫か⁉」と晴馬が勢いよく立ち上がると、千愛が「平気です」と笑みを見せた。そしてなぜか、彼女は立ち上がり服に手をかけ始めたのだ。

「は？」

驚き固まっている晴馬をよそに彼女は着ていたニットを脱いだ。

タンクトップは着ているものの、白い肌があらわになり、心臓がこれでもかと高鳴る。

そんな晴馬をよそに、千愛はジーンズにも手をかけた。

晴馬は慌ててそれを止める。

「ちょ、ちょっと待て！　なにをしているんだ！」

「え？　だって、このままじゃ、シミになっちゃうじゃないですか」

「シミになるって……」

「別に高いものじゃないのでいいんですけど、私、あまり服を持ってないので」

そう言って、なおも服を脱ごうとする千愛の両手首を晴馬は慌てて摑んで止める。

そして、彼は風呂場に通じる扉を開けて千愛を押し込めた。

「そういうのは風呂場でやれ！」

いつもとは違う荒々しい声が出た。そして、まるでそこから出てくるなというように彼は自らの背中を扉に押し付ける。

ついつい怒ったような口調になったが、千愛は全くそれを気にしていないようで、『わかりました。ついでにおふろでも入ってきまぁす』というのんきな声を出した。

そして、衣擦《きぬず》れの音――

なんとなく動けなくてそのまま扉に背をつけていると、しばらくして水が浴室の床を叩く音が断続的に聞こえてきた。シャワーの音だ。

その音に晴馬はホッと胸をなでおろした。

晴馬はようやく扉から背を離すと、テーブルの上を片付け始めた。千愛の皿の上にあったビーフシチューは綺麗《きれい》になくなっており、それがなんとなく胸に迫ってくる。

ここでようやく彼女と夫婦になったのを実感した。

前途多難な船出だが、ともかく船は出たのだ。スタートを切ったのだ。

いつか彼女が振り向いてくれればいい。そう思いながら、彼は食器をシンクへと運んだ。

片付けが終わり、しばらくソファの上でくつろいでいると、脱衣場の扉がわずかに開いた。シャワーが終わったのかと振り返ると、千愛が細長い隙間から顔を覗かせていた。

「あの、はるまさん。はるまさん。ちょっといいですかぁ?」

シャワーを浴びたというのに、まだ酒が残っている声で千愛は晴馬の名前を呼ぶ。

隙間からちらりと見えた彼女の肌に、また緊張が高まった。

扉の向こうにいる千愛は裸だった。

細長い隙間からすべてはみえないが、火照《ほて》った肩がチラチラと視界に入るあたり、間違いないだろう。そういうのを目ざとく観察してしまう自分が嫌になりつつ、晴馬は視線をそらしながら「どうかしたか？」と返事をした。

「実はお願いしたいことがあって……」

「お願いしたいこと？」

「ふくを、とってきてもらいたいんですが」

「服？」

「はい。なにも着るものがなくて……」

なるほど、と思った。確かに晴馬も脱衣場に千愛を押し込めたとき、着替えなどは一緒に入れなかった。というか、そこまで気が回らなかった。

彼女の後ろで洗濯機が回る音がする。

きっと、もともと着ていた服はそこで回っているのだろう。

晴馬は「ちょっと待っていろ」と言い、彼女の部屋に向かおうとした。しかし、ドアノブに手をかけたところで、さすがにこれはまずいんじゃないかと思い直した。

女性の部屋を勝手に開けて、タンスから服を取り出す。

……どう考えてもちょっと変態的だ。

お互いにドライな関係ならいざしらず、こっちに気があるのだからなおさらである。

晴馬はしばらく迷った末に自分の部屋に入り、適当なTシャツとズボンを選んだ。

千愛と自分のサイズ感を考えれば着るのはちょっと無理がありそうだったが、これで我慢してもらう他ない。

「これでもいいか？」

扉の隙間から視線をそらしながら晴馬は服を差し入れる。それを受け取ると、彼女は「いいんですか？」と驚いたような声を出した後、晴馬の返事を聞く前に「ありがとうございます」と受け取った。そして扉が閉まる。

そして、再び衣擦れの音。

そうして数分後に出てきた彼女は、服を着ているのではなく、服に着られていた。

だぼだぼの長袖Tシャツに、まるで袴《はかま》のようになったスェットのズボン。首周りもゆるゆるで、両方の鎖骨と胸の谷間がわずかに覗いていた。下着をつけていないがためか、ピンと立った両胸の頂が薄いシャツの下でこちらに主張してきている。

かわいくてどうしようもない彼女が自分の服に着られていて、しかもそれが妙にエロい。

最高のシチュエーションだが、気分は最悪だった。

「ありがとうございます。助かりました」

「あ、あぁ」

裸とはまた違うあられもない姿に、晴馬は声を上ずらせた。

千愛は自分がどういう姿になっているか気がつかないまま、リビングのソファに座った。なんとなくその場に突っ立っているのもどうかという気がして、晴馬も隣に腰掛ける。そしてすぐさま後悔した。いい匂いがする。風呂上がり独特の石鹸《せっけん》の香りに混じって、彼女自身の甘い香りが体温を上昇させた。

そんな悶々《もんもん》としている晴馬をよそに、千愛はローテーブルの上にあったグラスに手を伸ばした。

「なにのんでたんですか？」

「ウィスキーだ」

「うぃすきー！」

脱衣場に押し込む前の彼女の肌理《きめ》の細かい肌を忘れたくて用意したものだが、こんなもので記憶がどうにかなるわけでもなく。余計に身体が熱くなるばかりだった。

「これ、のんでみても――」

「だめだ。飲むなよ」

ピシャリとそう言って、晴馬はグラスを取り上げようとした。しかし、千愛は晴馬の手をひらりと躱《かわ》した。酔っている割には俊敏性がなかなかだ。

千愛はグラスを高く掲げたまま唇を尖らせる。

「だめですかあ？」

「お酒は飲まないんじゃなかったのか？」

「だって、さっきのワイン美味しかったんですもん。もしかしたら、これも美味しいのかなあって……」

「君は思ったよりもグルメだな？　お父さん譲りか」

「それは、わかりませんけど。グルメじゃなかったらああいう会社には入りませんよ？」

「それもそうだな」

千愛が大きく動くたびにグラスの中に入っている茶色い液体がゆらりと大きくコップのフチまで揺蕩《たゆた》う。そんなに量は残っていないが、このままではさっきのワインの二の舞いになってしまうかもしれない。晴馬は諦めたように息をついた。

「わかった。わかった。飲ませてやるからグラスをおろせ。……一気に飲むなよ。ちびちび飲むんだ」

「わかりました」

千愛はいつもとは違うヘラリとした笑みを晴馬に向けた後、言いつけ通りにグラスの縁を舐《な》めるようにウィスキーを飲んだ。

「これはなんだか、難しい味がしますね」

そんなふうにいいながらもグラスを離さないところを見るに、どうやらまずくはないのだろう。彼女の頬や肌が先程よりも赤くなっているのはおそらく見間違いではない。

薄く底に残ったウィスキーが最後の一滴まで千愛の喉の奥に消えて、彼女は満足そうにグラスを置いた。そして、小さくて薄い舌で、ピンク色の艶やかな唇をぺろりと舐めた。

「うへへ……」

「出来上がったな……」

「お酒ってふわふわするんですね。気持ちがいいですー」

ゆらゆらと彼女の身体が揺れて、晴馬の肩に頭が乗った。顔は腑抜《ふぬ》けていて、いつものキリリとした彼女は今やどこにもいない。

「そろそろ、部屋に戻った方がいいんじゃないか?」

「え?」

「もう君は、部屋に戻った方がいい」

そう言ったのは、そろそろ理性が限界だったからだ。そして、そういう自分が席を立たなかったのは、自分でも知らず知らずのうちに下半身が準備を始めていたからである。

このまま立ち上がるとバレてしまう。……色々。

晴馬の声がどこかいつもと違う硬さを含んでいたからだろうか、千愛は「え?」と目を大きく見開いた後、少し悲しげに視線を落とした。

「もしかして、怒っていますか？　すみません。そんなに大切なウィスキーだって知らなくて……」

「いや、そうじゃなくて……」

「それなら、呆《あき》れちゃいましたか？　私がシャワー室に服を持っていかないような計画性のない女だから、嫌いになっちゃいましたか？」

千愛の身体は小さくなる。まさかそんな話になると思ってなかった晴馬は「なんでそうなるんだ！」と声を荒らげた。

全くわかっていない調子の千愛がこちらを見上げてくる。その目元はお酒によってうるんでいた。不安げに寄せられた眉までかわいくて、なにか試されているのではと勘ぐってしまいたくなる。

「昔からそういうのに疎くて、不快にさせてしまいましたか？」

「違──」

「私、晴馬さんに嫌われたくないです」

「なんでそういうことを酔っているときに言うんだ……」

晴馬は口の中で何やらモゴモゴと言葉を噛《か》んだ後、やっとの思いでこう吐き出した。

「そうじゃなくて、だな、その。そういう格好で、そばに寄られると困るんだ」

「そういう格好？　この服、晴馬さんが貸してくれたものですよね？」

「いや、まぁ、そう、なんだが……」

「この服、だめ、ですか？」

この服、を指すように千愛がＴシャツの首周りを軽く持ち上げた。その瞬間、きめ細かくて真っ白い肌の双丘が見えた。ピンク色のてっぺんまではっきりと――

瞬間、劣情よりも先に怒りが湧き上がってきた。なんで、彼女はこうも無防備なんだ、と。自分が先程から我慢しているのにもかかわらず、どうしてこういちいち煽ってくるのだ、と。

後から考えてみれば、このときの晴馬も酒に酔っていた。

気がつけば晴馬は、その場に千愛を押し倒していた。買ったばかりの茶色いソファに千愛の小さな身体がすっぽりと収まった。そんな彼女を逃さないようにと、晴馬は両側に手を付き彼女を閉じ込める。

「はるま、さん？」

見上げてくるその目にも、舌っ足らずな声にも、やはり酒が残っている。

怯《おび》えたような彼女の相貌。その下には細い首と、真っ白い鎖骨が見えた。仰向《あおむ》けになっているからか、それとも怯えているからか、彼女の乳首はさらに服の上からもはっきりとわかるほどに立っていた。

その姿に、喉がゴクリと鳴る。

学生時代、バスケをやっていた晴馬の身体は大きい上に分厚い。それに比べて千愛の身体は小さくて薄い。この体格差で少しでも乱暴にすれば、千愛の身体は壊れてしまうだろう。

けれど、もうたまらなかった。

晴馬はたまらず白い首筋に噛《か》み付《つ》いた。

「あっ！」

嫌がるかと思ったのに、思った以上にかわいい声が飛び出てきて、それが余計に晴馬の劣情を煽った。軽く痕をつけた後、鎖骨から耳の裏の方まで伸びる筋に舌を這わせる。そのまま首筋に顔を埋めて深呼吸した。千愛の甘ったるい香りがまるでいけない薬のように脳に回り、理性を溶かす。

晴馬は首筋に顔を埋めたまま、手のひらを千愛の服の中に入れた。指先が彼女のなめらかな肌を滑り、鼓動が速まる。彼女の耳の裏にキスを落としながら、晴馬は先程から触りたくて仕方がなかった胸に触れた。白くて柔らかくて弾力のあるそれを、晴馬はぎゅっと少しだけ強めに握る。

「――っ！」

わずかな痛みに彼女が身体をこわばらせるのがわかって、口元に笑みが浮かんだ。

晴馬は逃げないように太ももで彼女の身体を挟み込み、そのまま人差し指で彼女の先端をグリッと押しつぶす。

――かわいい声で、彼女が鳴いた。

いやだいやだと首を振って、目尻に涙をためているさまがかわいい。たまらなくかわいい。そんな彼女をソファの座面に押し付けたまま、首筋に赤い痕をつける。逃げないように自分の体重で彼女を押し付けたまま、晴馬は何度も何度も彼女の首筋に痕をつけた。鎖骨にまでたどり着き、胸にかぶりつこうとしたときに服があることに気がついた。瞬間、彼女の着ている自分のTシャツを破り捨てたくなったが、破り捨てないだけの理性はかろうじて残っていて、晴馬はシャツの上から彼女の先端を口に含んだ。

「あっ、ぁぁっ」

頭の上で千愛がまたかわいい声を出す。彼女が頭を摑んでいるのは『もっと』なのか『やめて』なのかわからないので、自分の都合のいいように取ることにした。

リクエストに答えるようにたっぷりと唾液を含んだ厚い舌で乳首をいじめて、歯を立てた。すると、かわいいことに、彼女はさらに強請《ねだ》ってくる。晴馬は指で彼女の先端を少し乱暴につまみ上げた。

「――――!」

彼女の身体がのけぞる。

瞬間、ゾクゾクとしたものが背筋を駆け上がった。

かわいい。かわいい。かわいい。――食べたい。

捕食しているようだと、晴馬はどこか他人事のように思った。獰猛《どうもう》な狼《おおかみ》が小さくていたいけな兎《うさぎ》を嬲《なぶ》って捕食している。そんなイメージだった。

しかも自分は、嬲ることに多少どころでない快感を覚えている。

晴馬はこの夜初めて、自分にそんな嗜虐《しぎゃく》心があることを知った。

千愛は晴馬の下で可哀想なぐらい息を上げていた。

身体に夢中になっていて気がつかなかったが、千愛は先程から「なんで」「はるまさん」「どうして」を繰り返している。

晴馬は荒い呼吸のまま、その疑問に答えにならない答えを吐いた。

「君はもう少し、俺が男だということを意識した方がいい」

「……おとこ？」

「もしかして君は、俺を清廉潔白な男だと思っているんじゃないか？　俺はあんな姿を見せられて、平然としてられるような男じゃない」

だから、忠告するためにこんなことをしたんだと悪い嘘《うそ》をついた。本当はしたかったから、しただけなのに。そこに理由なんてものはなにもないのに。

「こういうことをされるのは、いや、だろう？」

その言葉を吐く瞬間だけは、少しだけ冷静な自分になった。

千愛は晴馬の下でしばらく固まった後、視線を落とした。

「わからないです」

「ん？」

「恥ずかしいし、なんか変な感じですけど、嫌かって言われたら、わからないです」

「……」

「でも、はるまさんの手はおおきくて、あたたかくて、気持ちがいいです」

赤い顔のまま、そんなことを言われて、もうだめだった。色々とだめだった。全部がだめだった。

晴馬は服をたくし上げつつ、腹から胸にかけて舌を這わせた。そして、震える彼女の赤い実を直接口に含む。すると、小さな悲鳴が上がった。しかし、口に含んだ赤い実をコロコロと転がすと、彼女の声に色がついていく。

甲高いだけだった声に甘さが乗って、「はるまさん」「はるまさん」と何度も自分の名前を呼ぶ。これでいい気になるなという方がおかしい。嫌なら抵抗してくれればいいのに、彼女はいろんなところをとろりととろけさせて背中にすがりついてくる。

「はるまさん、やっ」

その拒絶は唐突なものだった。千愛は先程まで晴馬の頭を摑んでいた手を思いっきり伸ばし、晴馬の身体を押しのけている。晴馬が少し驚いたような顔で見下ろすと、彼女は膝をすり合わせながら、泣きそうな声を出した。

「わ、私、なんかへんで。それ以上は、ズボン、汚しちゃいそう」

なにで、汚すのかは聞かなくてもわかった。彼女の下半身から蜜が流れ出ているのを想像して、自分の分身が、ズン、と質量を増した。

「汚してもいい」

むしろ汚してくれ、とはちょっと変態的だったので言わなかった。

千愛は晴馬の言葉に首を振る。きっと借りたものを汚すことに罪悪感があるのだろう。

「じゃぁ、こうしよう」

晴馬はズボンの縁から手を差し込んだ。そして、そのままズボンをずりおろした。

千愛は驚いたような声を上げたが、しかしそれも太ももの途中で止まってしまう。

「あぁ、もう汚れてるな」

晴馬は彼女の割れ目から細く伸びた透明な糸を見つつ、恍惚《こうこつ》の声を出した。

「ごめ――」

「謝らなくていい」

晴馬はそう言いながら手を彼女の太ももの間に差し入れた。そして、中指で彼女の割れ目をゆっくりとなぞる。彼女の下半身はもうベチャベチャで、初めてだろうに、もういつでも男を迎えられそうなほどに準備を整えていた。

「ぁあっ！」

彼女は晴馬の首に腕を回しながら小さく嬌声《きょうせい》を上げた。腰がゆらゆらと揺れているのは本能だろうか。晴馬も指の腹で彼女の割れ目をいじって楽しんでいるが、それ以上に彼女自身が晴馬の指に自身を押し付けているような気がした。

しばらく彼女の入り口をいじめて、ゆっくりと指先を中に進めた。誰とも付き合ったことがないといっていた彼女の入り口は固く閉ざされていたが、溢《あふ》れ出《で》た蜜が潤滑剤の役割となって、指は彼女の中にゆっくりと進んでいく。

ちゅぷちゅぷと粘り気のある水音が、室内に満ちる。

晴馬が指を出し入れするリズムに合わせて、千愛が「あっ」「あぁっ」「んぁ」と小さく声を漏らした。

ようやく指一本が収まるところまできて、晴馬は自分の雄が痛いぐらいに張っていることに気がついた。

正直な話、もう彼女に自身をねじ込みたくて仕方がなかった。めちゃくちゃに腰を振って、彼女の奥にこの劣情を吐き出したい。しかし、彼女はまだ晴馬のそれを迎え入れるところまで広がっていない。

しかもこの体型差だ。きっと迎え入れる方も迎え入れてもらう方もそれなりの差がある。

「あかちゃん、つくるんですか?」

少しだけ冷静になった晴馬に、その言葉は効果的だった。

千愛を見下ろすと、彼女は涙目のまま小首を傾げている。

「子供、か」

晴馬は喉の奥からその言葉を絞り出した。

自分は作りたいが、彼女はどうだろうか。こんな酒を飲んだ勢いで作って、彼女は後悔しないだろうか。というか、この状況でこれ以上先に進むのはどうなのだろう。さすがに、身体を繋げるのはだめなんじゃないのだろうか。

晴馬は自分が酒に酔っていることを自覚していた。

きっと、酔った勢いでこれ以上先に進んだら酔いが冷めたときに後悔する。死ぬほど後悔する。……というか、死にたくなるかもしれない。自己嫌悪で。

晴馬は大きく息をついて、冷静な自分を取り戻す。

そうして、改めて千愛を見下ろした。

「はるまさん？」

そう小首を傾げる彼女は、どこか熱を持て余しているように見えた。

身体《からだ》中が酒とは別の火照りで赤くなっているし、目元は濡《ぬ》れているし、割れ目からもとろりと液が染み出ている。

彼女をこんなふうにした責任だけは取っておいた方がいいだろう。自分は後でいくらでも一人で処理ができるが、彼女はもしかすると一人でできないかもしれない。

晴馬は「大丈夫」と優しく囁《ささや》いて、千愛の中にある中指をゆっくりと動かし始めた。

千愛は晴馬に抱きついたまままかわいい声を上げている。中指を締め付ける肉壁の強さに、この中に入れたら気持ちがいいだろうな……と一瞬だけ考えて頭を振った。

晴馬は考えることをやめて、千愛の柔らかい肉の壁を丁寧に擦った。千愛の嬌声が段々と高くなっていくのを聞きながら、果てるのが近いことを悟る。

「や、なんか、へん――」

「大丈夫だ」

「あ、あぁ、ぁっ――――！」

ぎゅぎゅっと中がこれ以上ないぐらいに締まって、千愛の身体がのけぞる。手足がピクピクと痙攣《けいれん》して、彼女の背筋がぶるりと震えた。

酒によってとろりとした目が、さらにとろりと溶ける。

千愛は最後に晴馬に抱きついた後、耳元で「んっ」と吐息のような声を残して、ぐったりとソファに身体を預けた。

そしてそのまま、目を閉じて動かなくなってしまった。

眠ったのだろうということは、その後の呼吸でわかった。

晴馬は自分が汚してしまった千愛の下腹部を綺麗にした後、もう一度ズボンを穿《は》かせ、千愛の身体を持ち上げた。

そして、彼女の部屋の扉を開けてベッドに寝かせた。

あどけない彼女の顔をじっと見つめる。

そうしていると、彼女にしてしまった行為の数々が頭をよぎって、罪悪感がこれでもかと胸に迫ってくる。

好きな女に酒を飲まして、酔ったところを無理やり襲った。

晴馬がやったことは、端的に述べればつまりこれである。

晴馬は寝ている千愛の前で顔を覆う。

千愛が全く嫌そうな素振りを見せなかったとか、逃げる隙は与えていたとか、最後まで致さなかったとか、言い訳はたくさん浮かぶが、それで事実が消えることはなく、彼は自己嫌悪で死にそうだった。

願わくは、明日、千愛がこの事実を忘れていますように。

自分勝手だとはわかっていながらも、晴馬はそう願うのだった。

第二章

赤いランプがくるくると回る。

モルタルのくすんだ白い壁に、赤い光が何度も通り過ぎていく。

当時の私は、公園から家に帰る途中だった。日は暮れてはいなかったし、公園にはまだ遊んでいる子たちがいたのだが、約束していたはずの友達がいつまで経っても公園にやってこなくて、一人でなにもすることがない私は、遊ぶのを諦めて家に帰ろうとしていたのだ。

目の前で小さな担架が運ばれている。そこに乗っているのは、小さな女の子だった。かわいい女の子だった。担架からだらりと垂れた彼女の細い腕には、まるで紫色のインクを零《こぼ》したかのように痣《あざ》が散っていた。もう寒い時期であるはずなのに、着ているのはタンクトップ一枚だけ。

「お風呂場でぐったりとしていたんですって」

「ほんと、可哀想ね」

そんな野次馬《やじうま》たちの会話を聞きながら、私はじっと担架に乗った少女を見つめる。

私が待っていた、さっちゃんを見つめる。

それから私は、さっちゃんに会っていない。

◆◇◆

引っ越しを終えた翌日、一月五日。

年末年始の連休を終えた千愛の姿は、会社の食堂にあった。

「総務の人から聞いたんだけど。鴨島さん、結婚したって本当なの⁉」

そう聞いてきたのは、同じ研究室のメンバーである太田美香《おおたみか》だった。千愛の正面に座っている彼女は大きな瞳をらんらんと輝かせ、こちらに身を乗り出してきている。彼女の周りどころか、千愛の両隣にも、同じような目をした研究室のメンバーがおり、千愛の答えを今か今かと待ち構えていた。そこには当然沙耶香もいる。

研究室のメンバーから久しぶりに『みんなでお昼食べない？』と誘われたと思ったら、どうやら彼らはそれを聞きたかったらしい。千愛は噂の回る速度に驚きつつも「あ、はい」と頷いてみせる。すると、研究室のメンバーはわっと盛り上がり、三者三様の反応をみせた。

「なんで教えてくれなかったの⁉」

「いつから？　いつから付き合っていたの？」

「あんなスーパーハイスペックイケメンでも失恋ってあるんだな……」

「あれだけアタックしていたのにな」

「元部長、可哀想」

どうして晴馬が可哀想なのかわからないまま、千愛はコンビニで買ってきたカップに入ったケーキを開けた。

袋の中には同じようなカップに入ったケーキが三つ。今日はそれらすべてを食べて、味を分析する予定である。研究室のメンバーは千愛の不思議な食事にも慣れているようで、言及もしなければ指摘もしなかった。

「相手ってどんな人？」

「仕事ができて、頼りがいのある方です」

端的にそう答えると、「元部長だってそうじゃん！」という嘆きの混じった声が飛ぶ。

どうして先程から晴馬の話が出てくるのだろうと思っていると、矢継ぎ早に次の質問が飛んできた。

「知り合ったのはいつ？」

「知り合ったのは、会社に入社したときなので二年前ですかね」

「結婚したのは？」

「書類を出したのは、元旦です」

「元部長、タッチの差じゃん！」

「なんで、もっとアタックしとかないんだよ！　俺たち応援していたのに！」

よくわからないが、どうやら彼らは千愛が結婚したことにより元部長＝晴馬が可哀想なことになっていると思っているらしい。もしかして晴馬は自分と結婚したくなかったのだろうか……と一瞬そんな考えが頭をよぎったが、結婚を持ち出してきたのは晴馬の方からだし、千愛の目から見ても晴馬は結婚生活を嫌がっているようには見えなかった。なので、千愛は頭を振ってその考えを消し去る。

しかし、それならばどうしてみんなは晴馬のことを『可哀想』というのだろうか。

そこまで考えたとき、不意に今朝聞いた晴馬の言葉を思い出した。

『いいか。もう俺のいないところで酒は飲むなよ。約束だからな』

晴馬がそう言ったのは、一緒に朝食を食べているときだった。


今朝、千愛は驚いたことが三つあった。

一つ目は、自分がなぜか晴馬の服を着ていること。

昨晩着ていたのは白いニットに動きやすいジーンズなのだが、起きたときの服は大きめの長袖Tシャツとスェットのズボンだった。見覚えがない上にサイズも大きいのでおそらく晴馬のものだとは思うが、どうして千愛が晴馬の服を着ることになってしまっているのかはわからなかった。

二つ目は、昨晩の記憶が殆《ほとん》どなかったこと。

服のことも含めてなのだが、昨晩のワインを飲んでからの記憶が一切ない。ぷっつりと途切れているというよりは白い靄《もや》がかかったような感じなので、ところどころはなんとなく思い出せるのだが、穴になっている記憶の方が多くて、まとまりがなかった。

三つ目は、なぜか晴馬の様子がおかしかったこと。

よそよそしいというわけではないのだが、彼は朝食のとき「身体の方は大丈夫か？」とか、「気持ちが悪かったり、頭が痛かったりは？」とか、「昨日のことはどこまで覚えている？」とか、しきりに聞いてきた。なぜそんなことを聞かれるのかわからないまま「覚えていないんです」と正直に口にすると、彼は安心したような、残念がっているような複雑な表情を浮かべていた。

そして、話の終わりに、彼はこう言ったのだ。

『いいか。もう俺のいないところで酒は飲むなよ。約束だからな』

と。

その言葉を聞いた瞬間、千愛は自分がお酒に酔って晴馬に迷惑をかけてしまったということを知った。いや、本当はもう割と最初からその可能性には思い至っていたのだが、彼がここまで低い声を出すほど迷惑をかけているとは思っていなかったのだ。

目の前にいる研究室のメンバーは、もしかするともうそれらのことを晴馬から聞いているのかもしれない。出社してから今に至るまで晴馬は研究室の方に顔を出していないが、晴馬は彼らの連絡先を知っているのだ。千愛の酒癖について相談していても何らおかしくない。だとしたら、『可哀想』は納得だった。

「よし！　こうなったら鴨島さんの結婚祝賀会をしよう！　……元部長には悪いですけど」

「そうですね！　お祝いごとですからね！　……元部長には申し訳ないですけど」

自分そっちのけで決まっていく今後の予定を聞きながら、千愛は学生時代に酒を止められたことを思い出していた。

あれは大学生の頃だった。同じゼミのメンバーで飲み会をすることになった。千愛はもちろん参加するつもりはなかったのだが、当時、尊敬している教授がその飲み会に来ると知り、千愛は大慌てで自分の主義主張を曲げてまで駆けつけた。その教授のゼミは大変人気で、千愛は人数オーバーで入れなかったのだ。

そして、その飲み会で千愛はやらかした……らしい。

らしい、とついているのは、千愛がそのときの記憶を全く持ち合わせていないからだ。

どうやら千愛は、その尊敬していた教授を摑まえて、質問攻めにしていたらしい。それだけでなく、上に乗っかり教授の身体をゆすり『どうして私は貴方のゼミに入れないんですか！』と嘆いたらしい。

『君は普段、自分自身に我慢を強いているからね。お酒を飲むとそれが解放されて、欲望に忠実になっちゃうのかもしれないね』

後日、謝りに行った千愛に教授はそう言って笑っていたが、彼はもう二度と千愛の参加する飲み会にはやってこなかった。

昨晩はきっと、それらと同じことを晴馬にしたのだ。いいや、飲んだ量から考えるにもしかするともっと酷《ひど》いことをしたのかもしれない。

千愛は申し訳なさに眉を寄せつつも、過去に聞いた教授の言葉を反芻《はんすう》させる。

（欲望に忠実な私、ですか……）

昨晩のことを思い出そうとするたび、お腹の奥がムズムズとする。

自分は晴馬の前でどんな醜態を晒《さら》したのだろう。

千愛は自然に擦り合わせていた膝を見下ろしながら、それだけを気にしていた。

◆◇◆

『すみません。研究室の皆さんが結婚祝いをしてくださるそうなので、今日の晩御飯は別々でお願いします』

千愛からそんなメッセージが届いたのは、その日の夕方だった。外出中だった晴馬はそれをタクシーの中で見て、簡潔に『わかった』とだけ返信をし、安堵《あんど》の息を漏らした。

正直、助かった、と思ってしまった。

会いたくないとか話したくないとかでは決してないのだが、昨日のことがあり、なにを話していいのかわからなかったのだ。しかも千愛は昨晩のことを全く覚えてないと言っていた。本当に記憶がないのか、気を使ってそう言っているのかはわからなかったが、これでは謝ることも言い訳をすることも、気持ちを伝えることだって出来はしない。

先程の安堵は、そういったことがすべてまぜこぜになった感情によるものだった。

「それにしても、さっきから来てるメッセージはこれのせいだな」

昼あたりからしきりに千愛の研究室のメンバーから『大丈夫ですか!?』『気をしっかり持って！』『今度女の子を紹介しますね』などといった、意味のわからない励ましのメッセージが届いていた。主語のないそれらの文章になんと答えるのが正解かこれまでわからなかったが、千愛からのメッセージを見て理解した。どうやら彼らは千愛の結婚相手が自分だと知らないらしい。

「さて、どう報告するか」

晴馬が随分と長い間、千愛にアタックしていたことを彼らは知っていた。そして、応援してくれていたりもした。だから、つい先日まで晴馬が千愛から全く脈がない態度を取られていたことも彼らは知っている。

そんな状態で晴馬と千愛が結婚したと報告するのは嬉しくない憶測を呼んでしまうような気がした。もしかすると『副社長の権力を使って、千愛を無理やり囲った』とか思われてしまうかもしれない。しかも、それを社内で言って回る可能性もある。それは困る。いろんな意味で困る。

彼らは、いい意味でも悪い意味でも人懐っこくて遠慮がないのだ。

もう一度スマホが震える。見れば、千愛からのメッセージだった。

『お酒は飲みませんから、安心してくださいね』

そのメッセージとともに、飲み会の場所だろう住所も送られてくる。

晴馬は『約束だぞ』とだけ返して、スマホをポケットにしまった。

とりあえず、研究室メンバーへの報告は、直接会ってすることにした。

◆◇◆

「鴨島さん、結婚おめでとう！」

「おめでとう！」

「……ありがとうございます」

掲げられたグラスに自分の麦茶の入ったグラスを合わせて、その飲み会は始まった。

駅前のどこにでもあるチェーン店の居酒屋。そこに千愛たちはいた。千愛の所属する研究室のメンバーは千愛を含めた六人だが、その場には五人しかいない。

「花菱《はなびし》は？」

「飲み会苦手だから、今日は来ないってさ！」

「おっけー！　それなら、いっぱい写真とってまた見せてあげようね」

沙耶香が明るい声でそう言いつつ指で丸を作る。

この研究室のメンバーでご飯を食べることは、半年に一度あるかないかだ。しかし、千愛が参加した飲み会で、メンバー全員が集まったことは今までにない。いつも誰かしら不参加なのだ。その理由は、家でゲームをしたいから、だとか、気分が乗らないから、だとか、占いで外出しない方がいいと言われたから、だとか、様々だ。かくいう千愛も、家に帰って研究ノートをまとめたいから、という理由で欠席したことがある。しかし、どういう理由で欠席しても、彼らは非難しない。同調圧力などはなにもなく、『ノリが悪い』なんてことは決して言わない。千愛は彼らのこんなところが好きだった。

だからこそ、こういう飲み会もできるだけ参加するのだ。

「お酒来てない人いる？」

「あ、川崎《かわさき》。もう飲んでるの？」

「いいなぁ。私も先に飲んじゃお」

「んじゃ、乾杯は今日はなしってことで！」

いつもこんな感じでバラバラな感じも心地が良い。

千愛は麦茶に口をつける。そして、その日何度目かわからない「おめでとう」に「ありがとうございます」を返すのだった。


「さすがに疲れたので、今日はもう帰りましょうか」

千愛がそうトイレでひとりごとを言ったのは、飲み会が始まって一時間半ほどがすぎたあたりだった。五人のうち一人は「もう疲れたから帰るわ！」と言って、三十分ほど前に帰っており、その場には千愛含めて四人しかいない。これまでのパターンから考えるにそろそろお開きの頃合いだろう。お酒を頼んだ人たちはもう出来上がっているので二次会行こうという話になるかもしれないが、千愛はそれに参加する予定はない。

千愛はトイレから出る。近くにある出入り口から入ってきた外気が火照った頬を冷やした。

そのときだった。

「あれ？　貴女は、もしかして……」

背後から声が聞こえた。

千愛が振り返ると、そこには一人の青年がいた。髪の毛の明るい、千愛よりも若い男の子だ。彼は千愛を見てなぜか目を丸くしていた。

「えっと……」

「覚えていませんか？　あの、僕です！」

興奮を隠すことなくこちらに一歩踏み出してきた彼に、千愛は首を捻る。

千愛は人の顔を覚えるのがあまり得意ではないし、人間関係も狭い。こんな明るい髪をした男の子が知り合いにいれば名前は思い出せないまでも、見覚えはあると思うだろう。

「すみませんが、人違いでは？」

「人違いじゃないです！　俺、人の顔を覚えるのは得意なんです」

「しかし……」

「あの、覚えていませんか？　僕、あのとき助けてもらった――」

助けた、という単語に千愛の記憶が刺激される。

そうして思い出したのは、クリスマスの日のことだった。

道路を呆然《ぼうぜん》と見つめる人影。彼の顔は青白くて、生気がなかった。

青年は一歩道路に足を踏み出し――

「あ！　あぁ！」

「覚えていてくれましたか⁉」

嬉しそうな青年の声に、千愛はこくこくと頷いた。

彼はクリスマスのときに出会った青年だ。自殺をしようとしていたのは完全に千愛の憶測だが、『助けてもらった』と言っているあたり、そう間違いでもないのだろう。

青年は千愛の手を両手で取ると、こちらにずいっと顔を近づけてきた。

「あの日のお礼を言いたくて、ずっと探していたんです！」

「えっと、あの……」

「会えて嬉しいです」

大きなわんこといった感じの彼は、そう言ってへにゃりと表情を緩めた。

その顔と握られた手に困惑していると、「あ、いたいた！」と声がかかる。声のした方をみると、沙耶香がいた。彼女は千愛と青年を交互に見た後、少しだけ驚いたような表情で「その人は？」と首を傾げた。

「あー……」

千愛が言葉を返せなかったのは、彼との出会いが出会いだったからだ。『自殺しようとしていたところを助けた』と言うのは簡単だが、それでは彼が可哀想だと思ったのである。それに、先程青年は『助けてもらった』と口にしていたが、自殺をしようとしていたなんて一言も言っていないし、自殺自体が千愛の勘違いだという可能性もある。

千愛が困っているのをどう取ったのか、沙耶香は再び二人を交互に見て、ニヤリと意味深に唇を引き上げた。

「もしかして、彼が？」

「え？」

「隠さなくてもいいのよ。彼が結婚した相手なんじゃない？」

その言葉に千愛は目を丸くした。千愛はてっきり彼女の結婚相手が晴馬だとみんな知っているとばかり思っていたからだ。

「いや、ちが――」

「そうなんです！」

その言葉は千愛の言葉に被《かぶ》せるように放たれた。放ったのは隣にいた青年で、彼は千愛の手を先程よりもぎゅっと強く握りしめている。

「飲み会があると聞いて、迎えに来たんです。……心配で」

「そっか、そっか。どんな人と結婚したのかと思ったけど、結構優しそうな人だね！」

「えっと……」

千愛は眉を寄せながら青年を見上げる。すると、青年はこちらに向かって軽く頭を下げた。話を合わせてくれ、ということだろう。

それになにも答えないでいると、沙耶香は勝手に勘違いしたまま話を進めた。

「迎えに来たのなら仕方がないね。みんなにはうまく言っておくから、先に帰っていいよ。あ、今、カバン持ってくるね！」

「すみません」

沙耶香は席の方へ戻ると、千愛のカバンを持って帰ってきた。

「それじゃ、行こうか」

青年はそう言って千愛の手を引いた。どうするのが正解かわからず、とりあえずといった感じで一緒に店の外に出ると、青年がくるりとこちらに振り返る。そして、今にも泣きそうな面持ちで、腰を九〇度曲げ、千愛に謝ってきた。

「本当に、すみません！　だけど僕、千愛さんに相談事があって！」

「相談事？」

千愛はそう首を捻りながら、あれ、とも思う。なんだか、妙な違和感を覚えたのだ。

しかし、千愛がその違和感の正体にたどり着く前に、彼は再び千愛の手を両手で包んだ。

「お願いです。少しだけ話を聞いてください」

「えっと。とりあえず、名前をお聞きしていいですか？」

「鳶岩蒼《とびいわあおい》です」

そう言って彼はこちらに向けて白い歯を見せた。

鳶岩蒼、二十一歳。大学三年生。

最寄りの駅は千愛たちと同じで、現在、親元を離れて一人暮らしをしているらしい。

千愛がそのプロフィールを聞いたのは、彼女たちが飲んでいた居酒屋から少し離れたところにある薄暗いバーだった。二人はカウンター席ではなく、奥のソファ席に向かいあって座っていた。

二人の手元を照らすのは光量を絞ったオレンジ色のダウンライトだけだ。これでは相手の顔もよく見えないし、飲み物の色もわからない。

千愛に会えたのがそんなに嬉しいのか、蒼は終始にこやかだった。千愛が口を挟む余地はなく、彼は一人でずっと喋り続けている。

「——それでですね。実は、今日サークルの飲み会だったんです！　本当は行かない予定だったんですけど、参加してよかった！　まさかここで運命の再会をするとは思いもよりませんでしたよ」

「サークルの飲み会、出てきてもよかったんですか？」

「先程連絡を入れたので大丈夫です！　命の恩人にお礼を言うって言ったら、『頑張ってこい』って背中を押されちゃいました！」

千愛は話を聞きつつ、時計を見る。時刻は二十一時。

本当はそろそろ家に帰りたい時刻なのだが、彼はずっと喋りっぱなしで口を挟む隙間がないし、彼の相談事も気にならないといえば嘘になる。なんと言っても彼は自殺をしようとしていた人間なのだ。ここで千愛が自分の都合で帰宅を選び、後々それが尾を引いて彼がまた自分の命を危険に晒すようなことがあったら、寝覚めが悪いにも程がある。

（だけど、このままでは埒《らち》が明きませんね）

話をぶった切ってでも『相談事』とやらを聞き出さなくては、千愛は終電を逃してしまうかもしれない。明日は土曜日で会社もなく、朝帰りでも何ら問題はないだろうが、さすがに結婚したてでいきなり朝帰りはまずいだろう。晴馬との間に愛はなくとも、それでも二人は夫婦なのだから。

千愛がどうしようかとオレンジジュースを舐めていると、そんな彼女の表情の変化に気がついたのか蒼は話していた大学の先輩の話を一旦止めて、頭をかいた。そして「すみません。千愛さんに会って興奮しちゃっていました」と軽く頭を下げる。

蒼は「では、改めて」と居住まいを正す。ピンと背を伸ばした彼は、息を軽く吸い込むと千愛に向かって深々と頭を下げた。

「先日は本当にありがとうございました！」

その声はこんな小さくて静かなバーで出すには少し大きかった。

千愛がその声に少し驚いたように目を見開いていると、蒼はさらに続けた。

「そして、すみません！　本当は貴女を助けて名乗り出るべきだったのに、僕、その場から逃げちゃって――」

「それは……」

「本当にすみません！」

何度も頭を下げる蒼に、千愛は狼狽えた声を出す。

「いえ、別に。もうすぎたことですから、頭を上げてください」

「でも僕、本当に申し訳ないと思っていて！　でも怖くて。咄嗟《とっさ》に――」

「気持ちはわかりましたから！」

少し硬い声を出すと、彼はしゅんとした表情のまま顔を上げる。千愛が困り顔のまま「それで、相談というのは？」と話を切り替えると、蒼はさらに申し訳なさそうな顔になった
「いえ。相談というか、先程のお礼と謝罪を聞いてほしかったんです」

「つまり、新しい悩みとかができたわけではないんですね？」

「あ、はい。……もしかして、心配してここまで付いてきてくれたんですか？」

蒼の人懐っこい顔に笑みが浮かぶ。千愛が「えぇ。まぁ」と頷くと、彼はさらに目を輝かせた。

「千愛さんって本当に優しいですね！」

彼にもし尻尾が生えていたら、それはもうブンブンと振っていただろう。それぐらいの喜びようだった。

「大丈夫です！　もう、自殺なんて考えたりしていません！」

「やっぱりあれは自殺だったんですね」

「あ……、はい。というか、記憶が曖昧で、よく覚えていないんですけどね」

蒼は苦笑いを浮かべた後、続ける。

「実はあの日、付き合っていた恋人に振られちゃいまして」

「クリスマスに？」

「振られたっていうか、アレはなんなのかな。浮気……に、なるのかな」

話を聞けば、彼には当時付き合って半年の恋人がいたそうだ。

彼女との仲は、最初は順調だったそうなのだが、喧嘩をしたわけでもないのに段々と会話がなくなり、数カ月後にはメッセージも返ってこなくなったという。

「クリスマス、俺は結構楽しみにしていたんですよ。何日も前から準備もしていたし、プレゼントだって。だけど、『クリスマスはどう過ごす？』ってメッセージにはなんの返信もなくて……」

それで当日、彼は家まで彼女を迎えに行ったそうなのだ。すると彼女は妙に着飾ってマンションの部屋から出てきたという。その姿を怪しんで後をつけると……

「別の男と会っていたんです。彼女、僕が声をかけるとなんて言ったと思います？『なんで来たの⁉』ですよ！　酷くないですか？」

「それは、確かに……」

「それで僕、ショックを受けちゃって……」

「それで、自殺、ですか?」

「もしかして、大げさだと思いました⁉ でも、僕はそれぐらい真剣だったんですよ。彼女とは、結婚も考えていましたし……」

「結婚……」

千愛は話を聞きながら、『重い男』というのはこういう人間を指すかもしれないな……と思った。

付き合っているのに結婚を全く考えていない男もどうかと思うが、付き合ってわずか半年で、しかも気持ちが離れていっている兆候が見える女と結婚を考えるのも、それはそれでどうなのだろう。

「それで、もう失恋からは立ち直ったんですか?」

「はい。実は、最近好きな人ができまして……」

「おぉ!」

「なんとかお付き合いをしたいなと思って、努力している最中なんですよ」

そう言って頬を染めた蒼はかわいかった。

「前の彼女と付き合っているとき、僕ってばいつも奥手だったから、今回は多少強引に攻めてみようと思っていて!」

「頑張ってください。応援していますね」

しかしながら、クリスマスに振られたばかりなのに、もう新しい恋とは、彼も変わり身が早い。

なんにせよ、元気になったことは良かった。これで安心して帰路につけるというものだ。

千愛は手に持っていたオレンジジュースを置き、カバンを持って立ち上がる。

その様子を見て、蒼がびっくりしたような声を出した。

「ちょ、ちょっと待ってください！　どこに行くんですか？」

「お話は聞けましたし、もう自殺するつもりがないとのことならば、私も家に帰ろうと思いまして」

そう言って背を向けようとした千愛の手首を、蒼がギュッと掴む。

「ま、待ってください！　僕はまだ貴女にお礼が――」

「気にしないでください。お礼が欲しくて助けたわけではありませんから」

「気にします！　僕は、気にします！」

ぎゅっと力いっぱいに握られて、千愛は痛みに顔をわずかにしかめた。

しかし、蒼はそこまで強く握っている自覚はないようで、千愛の手首を掴んでいない方の手で財布を取り出した。そして、そのままのテンションでさらに続ける。

「お金！　お金を受け取ってください！　そんなに持ち合わせはありませんが！」

「いりません！　お金を頂こうと思って助けたわけじゃありませんから！」

「それならせめて、一杯奢《おご》らせてください！」

「そちらも大丈夫です！　それに私、お酒は飲まない主義なので」

「アレルギーでもあるんですか⁉」

「違います。そういう主義なだけです」

「それなら、ノンアルのカクテルもありますし！」

少しだけ、めんどくさいな、と思いながら千愛はため息を付く。

これはもう、さっさと飲み物だけごちそうになって帰った方が早いかもしれない。

彼は手を離してくれるつもりはないみたいだし、千愛もこの手を振り切って逃げるだけの力を持ち合わせていない。

「……わかりました。それでは一杯だけ」

千愛が諦めたようにそう言い、席に戻る。

蒼は千愛の行動に「ありがとうございます！」とまた大きな声を出した。

(でも、そろそろ晴馬さんに一度連絡をしておいた方がいいかもしれないですね)

腕時計を見下ろしながらそう思ったときだった。カバンから電子音が鳴り響く。スマホを見れば、晴馬からの着信だった。千愛は蒼に断りを入れて、スマホだけ持って席を立つ。そして、会話が聞こえないようにトイレに入った。

電話を取ると、いつも以上に大きな声が耳を刺した。

『千愛！　今どこにいるんだ!?』

その声はどこか焦っているように聞こえた。背後からは居酒屋にいるときのような喧騒《けんそう》が聞こえる。もしかすると彼も今日は外食をしているのかもしれない。

千愛は相手に見えないにも拘《かかわ》らず、頭を下げた。

「帰るのが遅くなってすみません。ちょっと知り合いに会いまして」

『知り合い？』

「はい。つい最近知り合いまして。えっと、クリスマスに……」

なんと説明すればいいかわからずそれだけ口にすると、晴馬は『クリスマス？』と怪訝《けげん》な声を出した。

『もしかして、自殺をしようとしていたやつか？』

「え!?　私、晴馬さんに言いましたか？」

『聞いた。……本当に覚えてないんだな、昨晩のこと』

どうやら自分は、酔った勢いで蒼のことまでべらべらと喋っていたらしい。

蒼には申し訳ないが、これなら話が早い。

『なんでそいつが……』

「居酒屋で偶然会いまして。そうしたら『相談がある』と言われ……」

『それでのこのこ付いていったのか？』

千愛には千愛の理由があって、決してのこのこ付いていったわけではないが、話だけ聞けば確かにそう見える状況ではある。なぜか怒っている様子の彼に千愛は「すみません」と謝った。

晴馬は不機嫌を隠そうとしない様子で、話を続けた。

『どこにいるんだ？　迎えに行く』

「大丈夫です。一杯だけ頂いたら、すぐに帰りますから」

『だめだ。住所を送れ。迎えに行く。それに、酒は飲むなと――』

「大丈夫ですよ。アルコールじゃありませんから」

蒼はノンアルコールのカクテルを作ってもらうと言っていた。アルコールが入っていない酒で酔うことはさすがにないだろう。晴馬の心配には及ばない。

千愛の言葉になにかを感じ取った晴馬は先程よりも焦った口調で声を尖らせた。

『千愛！　いいか!?　俺が行くまでそこにいろ。なにも飲むなよ』

「大丈夫ですよ。アルコールは飲みませんから」

『そうじゃ――』

晴馬の言葉が途切れたのは、扉が叩かれ、千愛が咄嗟にスマホを耳から離したからだった。扉の奥にいるのはどうやら蒼のようで、彼は気遣わしげな声をこちらに投げかけた。

『千愛さん、大丈夫？』

「あ、はい。今出ます！」

電話が鳴ったから席を立ったのに、彼はまるで千愛が体調を崩しているかのように心配そうな声を出す。

「とりあえず、現在地は送りますね。でも、迎えは大丈夫ですよ。すぐに帰りますから」

千愛はそれだけ手短に言うと、晴馬との通話を切った。そして、トイレから出る。

案の定、扉の前には蒼が待ち構えていた。なんというか、圧が強い子だ。

千愛は彼の後ろを付いて歩きながら、晴馬にメッセージを打つ。正確な住所がわからなかったので、地図アプリの情報を共有した。すると、すぐさまメッセージが届く。しかし、それを見る前に、蒼の声がそれを邪魔した。

「一杯だけなんですから、スマホは置いて僕と話してくださいよ」

どこか甘えるようなその声に、千愛は確かに失礼だったかもしれないとメッセージを確認することなくスマホをポケットにしまった。そこには、どうせ一杯だけだからという気の緩みもあったかもしれない。

席に戻る。千愛が座っていた席の前には目にハッとするほど明るい色のカクテルが置かれていた。赤とオレンジを混ぜ合わせたような色で、縁にはパイナップルが彩りとして添えられている。

「綺麗ですよね」

りそうだ。

「確かに綺麗ではありますが……」

蒼がニコニコとかわいい笑みを見せる横で、千愛は渋い顔をした。

表情が優れない理由はグラスの大きさだった。

ノンアルコールのカクテルを作ってもらうと言っていたので、てっきりガラス製の漏斗のような形のカクテルグラスを想像していたのだが、そこにあったのはハイボールグラスと呼ばれるものだった。容量もそれなりで、千愛が普段家で使っているグラスの倍ほどは量が入りそうだ。

「一杯だけってことだったので、高めのものを選びました！」

「値段が？」

「値段が！」

蒼は無邪気な笑みを浮かべている。きっと彼に悪気はないのだろう。命の恩人にできるだけのことをしたい。一杯だけ飲み物を奢れるのならば、できるだけ高いものを頼もう。きっと、そう思ったにちがいない。

変な子に捕まったな……と思いながら千愛はグラスを手に取った。

思ったよりも量があるが、それでも常識から逸脱しているというわけではない。一気飲みなどはできないが、氷も入っているし飲んでいればいずれなくなるだろう。

千愛は諦めたようにグラスを手に取り、口をつけた。

蒼はそれを見ながらニコニコとしている。

「千愛さん。その一杯を飲んでいる間だけ、僕との話に付き合ってくれませんか？」

「そのぐらいなら構いませんが」

「やったぁ。千愛さん、優しい！」

千愛の承諾を得ると、蒼は表情を明るくした。そして、口を開く。

饒舌な彼の話を聞きながら、千愛は唐突に、彼と出会ったときに覚えた違和感の正体に思い至った。

（そういえば私、彼に名前を教えたでしょうか）

気がついたら名前を呼ばれていた。自己紹介をした覚えもない。

それならどうして彼は自分のことを『千愛さん』と呼ぶのだろうか。

（中村さんが呼んだのを覚えていた、とか？）

蒼と出会ったとき、そばには沙耶香がいた。もしかすると彼女が千愛のことを名前で呼んだのかもしれない。それを蒼が覚えていたとするのならば、別に不思議なことはなにもない。

（でも、呼んだ……でしょうか）

千愛は手元のグラスをゆっくりと傾ける。

そうするたびに頭にもたげたかすかなその疑問が、なぜか段々と薄れていった。

◆◇◆

時間は少しだけ遡《さかのぼ》って、一時間ほど前。

晴馬が目的の場所にたどり着いたのは、二十一時ちょうどだった。タクシーから降りて見上げたのは、千愛がいるはずの居酒屋の看板だった。木でできた格子窓からはオレンジ色の灯りが覗き、金曜日だからか中の喧騒がこちらにまで漏れ聞こえてくる。

晴馬がここに来たのは、千愛を迎えに来るためだった。ついでに研究室のメンバーにも自分たちが結婚した旨を伝えることにしていた。

結婚した経緯はなんと説明するか迷ったが、彼らは千愛の性格も知っているので、正直に話すことにした。経緯を話せば、きっと可哀想な人間を見るような目で晴馬はメンバーから見られるのだろうとは思うのだが、こればっかりは仕方がない。晴馬だって自分のことを、死ぬほど可哀想で、死ぬほど幸運な男だと思っている。

晴馬は中に入るため引き戸に手をかける。すると、それよりも先に戸が空いた。そして、顔を覗かせたのは見知ったメンバーだった。

「あ、元部長！」

「こんばんは！」

「どうしたんですか？　こんなところまで来て！」

彼らは嬉しそうに頬を引き上げて、晴馬を取り囲む。副社長になってもなお、彼らの距離感は変わらない。それがなんだか嬉しくてむず痒《がゆ》くなる。

晴馬はここまで来た理由を説明しようとしてはたと止まった。

そこに目的の人間が見えなかったからだ。

晴馬は彼らの質問に答えることなく、居酒屋を覗き込みながら「千愛は？」と問う。

「千愛？」

「鴨島さんのことでしょ」

「千愛なら、夫さんが迎えに来ましたよ」

「…………は？」

心からの「は？」が漏れた。

千愛の夫？

夫というのは、配偶者のことで。

千愛の配偶者は紛《まぎ》れもなく自分自身のはずだ。

「もしかして、鴨島さんの結婚祝いに来たんですか？」

「けなげー！　元部長、健気《けなげ》すぎますよ！」

「元部長なら、いい女性が見つかりますよ！」

しかし、彼らはそのことに気がついていない。つまり、千愛を連れて行ったのは、彼らの知らない第三者ということだ。

「誰が連れてったんだ⁉」

「いや、だから、夫さん？」

「そいつは夫なんかじゃない！」

「は？　嘘⁉」

「どういうこと⁉」

晴馬の発言に研究室のメンバーはざわめき出す。

「どんなやつだった？」

「若い人、でしたよ？　私たちよりもずっと。大学生ぐらいに見えたかな……」

「それだけか⁉　顔は⁉　特徴とか⁉」

「覚えてないです」

「まぁ、俺達、そういうのにあんまり興味ないからなぁ」

メンバーの一人が困ったような顔で頭をかく。

これでは埒が明かないと、晴馬は千愛に電話をかけた。

一コール、二コール、三コール……

千愛はなかなか出ない。しかし、留守番電話になる気配もないので、晴馬は根気強く待った。そうしてようやく十コール目で、千愛が電話に出た。

「千愛！　今どこにいるんだ!?」

焦りからか、思った以上に荒い声が出た。しかし、電話口の千愛はのんきなもので、いつもと全く同じトーンで『ちょっと知り合いに会いまして』と言う。

話を聞いてみれば、どうやら千愛を連れ出したのは彼女がクリスマスに助けたという自殺未遂男らしかった。

「なんでそいつが……」

『居酒屋で偶然会いまして。そうしたら「相談がある」と言われ……』

可哀想だから、話を聞くために付いていったというところだろうか。そんな人間など放っておけばいいのに、彼女はやっぱり優しい。

しかし、そうはいっても、この状況はあまりよくないだろう。どちらかと言えば危険だ。なんてったって、相手は自分のことを千愛の結婚相手だと宣っているのだ。普通はそんなこと、下心がなくては言わない。

晴馬は昨晩の千愛の痴態を思い出し、奥歯を噛み締めた。

「どこにいるんだ？　迎えに行く」

『大丈夫です。一杯だけ頂いたら、すぐに帰りますから』

「だめだ。住所を送れ。迎えに行く。それに、酒は飲むなと――」

『大丈夫ですよ。アルコールじゃありませんから』

その声には、男のことを信用している雰囲気があった。

しかし、晴馬は知っている。下心のある男というものは、彼女が思うほど信用できるものじゃない。清廉潔白に見えて、目の前の女性との情事を想像しているようなやつもいれば、親切そうに見えてそれが全部計算づくなやつもいる。

「千愛！　いいか⁉　俺が行くまでそこにいろ。なにも飲むなよ」

『大丈夫ですよ。アルコールは飲みませんから』

「そうじゃなくて、なにも口にするなと――」

言葉を切ったのは、電話口の奥で男性の声がしたからだ。男は千愛のことを『千愛さん』と気安く呼んでいる。自分だって先日呼び始めたばかりだというのに。もうそれだけで怒りが込み上げてくる。

電話を切った後、すぐさま千愛がメッセージを送ってきた。それには住所の代わりに地図が共有されていた。

「ここ、か」

歩いていける距離だが、徒歩で三十分程度はかかる。走ったら十五分ぐらいだろうか。

車だと十分もかからないだろうが、このあたりはタクシーを止めるのも一苦労だから、走っていくのが一番短時間で目的地につけるかもしれない。

研究室のメンバーが「結局どうなったんですか？」と不思議そうな顔でこちらを見てくる。

晴馬はそれに「後で説明する」と言って、駆け出した。

地図の場所にたどり着いたのは、それから十五分後のことだった。そこは四階建ての小さなビルで、中に入っているテナントをみると、二階にバーがあった。大通りから隠れるようにしてあるそこに、晴馬は胸騒ぎを感じる。男性が女性を誘う場所にしてはアングラ感が強すぎたのだ。晴馬はビルのガラス扉を開けて、中の階段を駆け上る。社会人になってからジムには通っていたが、ここまでの全力疾走は学生以来だった。

肩で息をしながら、晴馬は扉を開ける。その勢いが強かったためか、中にいる店主は驚いた顔をした。

「すみません。ここに女性が来ませんでしたか？　ショートボブの……」

「ショートボブの？　あちらのソファ席に――」

そう言って店主が手で指したのはパーテーションで仕切られた一角だった。入り口からは見えないようになっているそこに千愛がいると思ったら胸がざわざわした。

晴馬は殆ど走っているような速度でその場所に近づき、パーテーションの奥を覗き込んだ。そこには――

「うー……」

「千愛さん！　大丈夫ですか⁉」

ソファにぐったりと身体を預ける千愛と、その場でオロオロとしている青年の姿があった。頬を赤く染めた千愛の姿は昨晩の彼女の姿と重なるものがあった。

青年が晴馬の存在に気がつき「えっと……」と不安げな目を向けてきた。不安げなのは晴馬の正体がわからないというのもあるのだろうが、その顔が般若《はんにゃ》のように歪《ゆが》められていたことが大きいだろう。睨《にら》みつけられ、たじろいでしまったのだ。

晴馬は空気を嚙むように息を詰めた。そしてできるだけ冷静な声を出す。

「彼女の夫です。迎えに来ました。……これはどういうことですか？」

「実は、僕がカクテルを間違えて渡してしまって……」

彼が言うには、自分と千愛の分のカクテルを頼んだのだが色が似すぎていて、彼女に渡す方を間違えてしまったというのだ。

晴馬はテーブルの上のカクテルを見る。確かに同じ色のカクテルがそこに二つ置いてあった。縁を飾っているのがパイナップルと花でわずかに違うが、色はこの暗い室内だとほとんど見分けがつかない。

「本当に間違えたのか？」

「……わざとだっていいたいんですか？」

「まあいい」

晴馬は青年を押しのけると、千愛に近づいた。そして彼女の頬に手を当てる。お酒によって発汗した彼女の肌はひんやりとしているのにいつもより赤かった。

「うふふふふ、晴馬さんだ」

薄っすらと目を開けた千愛は晴馬の姿を捉え、楽しそうに笑った。こちらに手を伸ばし幼子のように抱っこを強請る彼女に、青年に対する怒りが一瞬だけ消える。

晴馬は伸ばされた両手を受け止めるように、身体を近づける。すると、彼女の手が首へと絡んでくる。

「帰るぞ」

「はぁい」

舌っ足らずのいい返事。

晴馬は千愛の膝裏に手を回すと、彼女を持ち上げた。すると、千愛はさらに甘えるようにピッタリと身体をくっつけてくる。

ぐったりとした千愛に青年が駆け寄る。そして申し訳なさげに眉を下げた。

「あの、本当に――」

「触るな」

自分でもゾッとするぐらいの低い声が出た。

その声に青年は目を見開き、うつむいた。そっと唇を噛む青年に潜む感情は、きっと嫌悪だ。申し訳なさそうに表情を作ってはいるが、目には晴馬へ向ける明らかな敵意があった。

どういう経緯を辿《たど》ったのかはわからないが、どうやら彼は千愛のことが好きらしい。

「もう彼女に近づかないでくれ」

その口調は求めるものではなく、命令に近かった。返ってくる言葉はない。

晴馬はそのまま千愛を連れてその店を後にするのだった。

◆◇◆

そこは、ふわふわで、もこもこで、とてもあったかい場所だった。


(ここ……)

千愛が目覚めたとき、周りは真っ暗だった。寝転んだままあたりを見回すと、どこか見覚えのある内装が見える。

自分が寝ているふわふわのベッドに、黒いビンテージ感の漂うような革張りのソファ。その前においてあるローテーブルはチョコ色で、下においてあるラグは麻でできたストライプ柄。部屋の奥には、背の高い観葉植物が置いてあった。

見覚えのある部屋であることは確かなのだが、見慣れた場所ではない。

一体ここはどこなのだろうか。

そう思ったときだった。

「おはよう……じゃないか。こんばんは、だな」

声が聞こえたのは彼女の隣からだった。千愛は首をぐるりと回し、声のした方向を見る。するとそこには、晴馬がいた。彼は千愛と同じ布団に入っており、横になった状態でこちらの方をじっと見つめていた。

思わぬ人物に、千愛ははっと息を呑《の》んだ。

そして、今いる場所がどこなのかを知る。

ここは晴馬の部屋だ。

「あの……」

「言っておくが、君が悪いんだからな」

千愛がなにか言う前に晴馬がそう切り出してくる。

晴馬はそのままバーから千愛を連れ帰った経緯と、家に連れて帰った後の話をした。

そして、どこか気恥ずかしそうに千愛から視線を外し、こうぼやいた。

「君が俺のことを離さないから、こうするしかなかったんだ」

どうやら千愛はベッドに寝かせようとした晴馬のことを摑んで離さなかったらしい。晴馬は悩んだ挙げ句、千愛の部屋のベッドより自分の部屋のベッドの方が寝やすいと判断してこちらに連れてきたというのだ。

「君のベッドより、俺のベッドの方が少し大きいからな」

晴馬の部屋のベッドは、ダブルとはいかないまでもセミダブルぐらいの大きさはある。

確かに二人で寝るのならばこちらの方が都合がいいだろう。

千愛は経緯を聞き、申し訳なさに顔を下げた。「すみません」と謝ると、晴馬は「謝らなくていい。君には怒ってない」と返してくれた。

「それにしてもあのカクテル、お酒が入っていたんですね。迂闊《うかつ》でした」

「アイツは『渡す方を間違えた』と言っていたが、ほんとかどうかな」

晴馬はいつもよりも少しだけ怖い顔になって顎を撫でる。

「それで、酒は抜けたか？」

「わからないです。でも、まだ少しクラクラするような気がするので、完全には抜けてないかもしれないです」

「そうか。それならもう寝ろ。朝になったら抜けているだろ」

昨日もそうだったしな、と晴馬は笑う。部屋の時計を見れば深夜の一時を指していた。

千愛は頷いた後、少し迷うように視線を彷徨《さまよ》わせ、掛け布団を鼻先まで上げた。

「だったら、このままここにいていいですか？」

その言葉に晴馬が息を詰めるのがわかった。

「別にいいが。どうしたんだ？　いきなり」

「わからないです。でもなんとなく、離れがたくて……」

いつもの千愛ならばこんなことは言わない。思っていても決して言わない。

それを言ってしまったのは――

『君は普段、自分自身に我慢を強いているからね。お酒を飲むとそれが解放されて、欲望に忠実になっちゃうのかもしれないね』

まだ彼女が酒に酔っているからかもしれなかった。

千愛はまるで人肌を求めるように、晴馬の方に身体を寄せた。

瞬間、晴馬の身体が固くなるのがわかる。だけど千愛はその理由を探さなかった。いや、探すだけの思考能力が残っていなかった。彼女はぼんやりとしたまま頭に浮かんだ言葉を咀《そ》嚼《しゃく》せずに吐き出した。

「私、前に言われたんです。『君はお酒を飲んだら欲望に忠実になるんだろう』って」

「欲望……？」

「晴馬さんの身体、温かいですね」

そんなことをしたのは、布団の外が寒かったからかもしれないし、彼の体温が心地よかったからかもしれない。でも一番は――

(甘えたかったのかもしれませんね)

甘えるなんて子供じみた考えに千愛は苦笑を漏らす。

もしかすると晴馬は、千愛が世界で唯一嫌われたくないと思っている人間なのかもしれない。ここ最近そんなことばかり考える。尊敬ができて、信頼ができて、優しくて、頼りがいがあって……。

千愛は彼のシャツに顔を押し付ける。いつもつけているバニラとキャラメルを混ぜたような甘い香水の香りと、その奥にほんのわずかな汗の匂い。それがどうしようもなく彼から男性を感じさせた。

それと同時になぜか身体の芯が震えて、熱くなる。

昨日、どこかで彼のこういう香りを嗅いだ気がする。見下ろしてくる彼の瞳は鋭くて、今までに見たこともない獰猛さを潜ませているのに、身体を這うその手は壊れ物を扱うように酷く優しい。

頭の中に『欲望』という言葉が、滑稽に浮かんで消えた。

「んっ」

熱い吐息を漏らしてしまったのは、忘れ去ってしまったはずの昨晩の記憶が、彼女の中心に触れたからだった。昨晩、晴馬の太い指が千愛の割れ目を優しく念入りに撫でていた。くちくちと粘ついた音が自分の下半身から聞こえてきて、彼は嬉しそうに唇を引き上げた。指がゆっくりと彼女の中に入り込んでくる。そして、中を――

（もっと――）

そう思ったのは、過去の千愛だっただろうか。それとも今の千愛だっただろうか。

気がつけば、千愛は自分の指先を中心にあてがっていた。ショーツやズボンが汚れることも厭《いと》わずに、千愛は自分の中心を少し強めにゆっくりとなぞった。

「ぁんっ」

「なにを――」

「晴馬さんのそばにいたら、なんだか……」

驚いて固まる晴馬にそんな言い訳をする。その間も千愛の指は止まらない。

「ん、んん――」

こんなことを人前でするなんて正気の沙汰じゃない。そんなことわかっているのに、酒と熱でぐちゃぐちゃになった頭は言うことを聞いてくれない。腰がもっともっとと刺激を求めるように揺れた。

(昨晩はもっと)

気持ちが良かった。

千愛の指は昨晩の快感を再現しようとしているが、全く再現できない。とうとう履いていたズボンをわずかにずらしてショーツ越しに中心に触れる。でもそれでも足りなくて、とうとうショーツの中にまで手を突っ込んだ。

「ん、ん、もっと……」

でも、昨晩の再現には至らない。及ばない。

こんなにもどかしいだなんて、あれはもしかして、夢だったのだろうか。優しく撫でてくれた晴馬の骨ばった手も、まるで逃さないというように身体を押しつぶしてきた大きな身体も、全部全部夢だったのだろうか。

千愛は晴馬の胸板にもう一度顔を近づけ、彼の匂いを吸った。

すると再び身体の中心がぎゅっと縮こまる。そのままの状態で指を動かせば先程よりは多少ましになるものの、求めているものにはやっぱり程遠かった。

「あ、ぁ、ぁ」

晴馬はそんな千愛の痴態をまるで信じられないものを見るような目で、じっと見つめていた。口元に手をやり、まるで瞬《まばた》きの間も惜しむかのように千愛のことを観察している。

「なんで――」

千愛は思わず泣きそうな声を出した。

求めるものがいつまで経ってもやってこない苦しみに身体が震える。彼女の中指はもうすべて自身の中に収まっているのに、どれだけ中を優しく撫でても、昨晩のような快楽は得られない。

千愛はわずかに濡れた目で晴馬を見上げた。そして、喉の奥から声を絞り出す。

「はるまさん」

助けて、と。

晴馬はゴクリとつばを飲み込み、千愛に身体を寄せてきた。

その目には昨晩と同じような獰猛さが見え隠れする。

「触ってほしいのか?」

耳元でそう囁かれて、頷くよりも先に身体が反応した。


自分の目の前で彼の太い中指が出たり入ったりする。ゆっくりと指が出入りするたびに粘っこい水音がこちらにまで聞こえてきて、もうそれだけで頭が沸騰しそうだった。

気がつけば、千愛は晴馬の前で足を大きく広げられていた。M字になるように身体の中心を彼に見せつけている。背中は壁につけるようにしており、彼女の視線は自身の中心へと注がれていた。

晴馬が耳に舌を這わす。そして意地の悪い声で、こう囁いた。

「ほら、見てみろ。今から二本目が入るぞ」

「あ、あああぁ……!」

ぐぷぷぷぷ、と彼の中指と薬指が千愛の秘裂を広げて、中に押し入ってくる。その質量に、気持ちよさに、千愛はぎゅっとシーツを摑んだ。

それを見て晴馬は楽しそうに笑う。

「これが欲しかったんだろう？　これをどうしてほしい？　たくさん中を擦ろうか？　奥を撫でようか？　太さが足りないならもう一本増やそうか？」

「あ、あぁ……」

「どうしてほしいんだ？　言ってくれ」

晴馬の獰猛な目が千愛を射抜く。それを見て、千愛は確信した。晴馬は千愛に聞いているのではない。言わせたいのだ。どうしてほしいか、どんなことをしてほしいのか、千愛に言わせて辱めたいのだ。

千愛の体温が上がる。恥ずかしい。こんなことを本当は言いたくない。いつものように都合よく察して行動に移してほしい。だけど、晴馬が言ってほしいというのなら――

「ぜんぶ」

「ん？」

「ぜんぶ、して、ください」

千愛が晴馬を見上げながらそう懇願すると、彼の喉仏がゴクリと動いた。

そこからは、もうなにも覚えてられなかった。指だけで愛撫《あいぶ》されるならまだしも彼がそこに舌を突っ込んでからはもう色々とめちゃくちゃだった。気持ちがいいやら、恥ずかしいやら、苦しいやらで、膝を立ててお尻を突き出すように言われたときは正気を疑ったが、違った角度から指を出し入れされる快楽にもうなにも考えられなくなった。

もうどれだけイかされたかわからない。気がつけば、千愛はベッドに倒れていた。先程まで着ていたはずの服はもう何一つ身にまとっていない。

また上に晴馬の気配がする。

千愛が顔を上げると、晴馬が彼女を閉じ込めるように四《よ》つん這《ば》いになっていた。彼ももう上半身は裸になっており、たくましい胸板にまた頭がくらくらした。

「なぁ、千愛。だめか?」

最初、その言葉の意味するところはわからなかった。どうして晴馬がそんなふうに懇願するような声を出しているのかも思い至らなかった。

千愛が首を傾げると晴馬の息が上がる。

「さすがにもう、きつい……」

なにが、とは聞けなかった。だって、その前に気がついてしまったのだ。彼の下腹部が膨れていることに。

男女の恋愛経験がない千愛でもわかる。きっと晴馬はそれを千愛の中にねじ込みたいのだ。

「だめか?」

ここまで息を粗くしているのに、理性がちぎれてしまいそうなのに、そう言って確認を取ってくれる晴馬に胸が高鳴った。千愛のことを考えてくれているその心が嬉しかったのだ。

千愛は晴馬の首に手を回した。そして、自分でも驚くぐらい大胆な言葉を口にした。

「好きにしてください」

「……は？」

「晴馬さんの好きなようにしてください」

晴馬が息を呑む。千愛はぎゅっと首に回した腕に力を入れた。

「気持ちよくしてください」


かぶせをした彼の丸い先端が、千愛の割目に触れる。何度か往復して、蜜を絡めるようにした後、それは身体の中に押し入ってきた。

「あ、あぁ……」

身体に力が入り、足が震える。

首は自然にのけぞり、手は彼の背中をわずかに引《ひ》っ掻《か》いた。

「痛いか？」

そう聞かれて、千愛は首を振った。本当は歯を食いしばるほどに痛かったが、嘘をついた。だって、やめてほしくなかったのだ。千愛がここで「痛い」と正直に告げたら、彼は腰を進めるのをやめてしまうかもしれない。千愛の一番奥まで来てくれないかもしれない。けれど、千愛の中心にある熱は、晴馬をこれ以上ないぐらいに求めていた。

「はる、ま、さん。きて」

そう促すと、晴馬はわずかにためらった後、ゆっくりと腰を進めてきた。彼の雄がぞりぞりと千愛の内壁を何度も擦る。

「あ、あぁ、んんん――――」

しっかりと慣らしていたにもかかわらず、晴馬の腰はなかなか進まない。理由は単純に晴馬のモノが大きいからだ。千愛の小さな身体に晴馬の雄が収まりきらないのだ。

生理的な涙がじわりと生まれて頰を滑る。晴馬は彼女の涙を唇で受け止めた。

「わるい、もう……」

なにに謝られたのかわからなかった。しかし、それも一瞬だけのこと。晴馬は千愛の腰を摑み、ずん、とその最奥をえぐってきた。

「あぁっ！」

目の前がチカチカする。唇がまるで酸欠の金魚のようにはくはくと何度も動く。

広げられた場所がじんじんして、内臓を押し上げられる圧迫感にまた涙がこぼれた。

晴馬は千愛を抱きしめるようにしながら荒い呼吸を整える。その荒々しさで、どれだけ晴馬が千愛を抱きたかったのかが伝わってくるようだった。

「わるい。君がかわいすぎて、我慢ができなかった。……つらいか？」

「……ぶです」

「ん？」

「だい、じょうぶ、です」

千愛は自分の小さな声を彼に届けるために耳元に唇を寄せた。

「熱くて、大きくて、きもちがいいです」

それは正直な気持ちだった。聞いている晴馬を喜ばせようなんて意図は一つもない。

千愛の言葉に晴馬は大きく目を見開いた後、頬を赤くした。そしてなぜか悔しそうな声を出す。

「君は、本当に初めてなのか？」

「え？」

「煽るのがうますぎだろう」

晴馬は千愛の腰を掴んで、ゆっくりと大きく中をかき回す。そのたびに千愛の蜜は入り口から溢《あふ》れて、シーツにシミを作った。

「あ、ああ、ぁあぁぁ……」

「気持ちが、いいな」

それが千愛へ向けたものだったのか、それとも彼のひとりごとだったのかはわからない。

彼は千愛の腰を撫でて「細いな」と呟いた後、少しだけつらそうに顔を歪めた。

「壊さないようにしないといけないな」

「はるま、さん？」

「君がそうやって甘えてくる分だけ、俺は君に乱暴にしたくなる。だから、頼むからあんまり甘えてこないでくれ」

晴馬は千愛の頬を手の甲で撫でる。触れてきた彼の体温の高さに千愛は目を見張った。

「君のことがかわいくて仕方がないんだ」

その懇願に千愛の胸は震えた。千愛は晴馬の首に回していた腕に力を込める。そして、彼をぎゅっと抱きしめた。

「いいですよ」

「ん?」

「乱暴にしてください。晴馬さんがそうしたいなら、私、大丈夫ですから」

その言葉に晴馬が息を呑むのがわかった。

「もう、知らないからな」

晴馬は苦しそうにそう告げた後、自身の腰を大きく引いた。

そして、いきなり最奥を貫いた。

「ぅうんん――!」

千愛が衝撃で息を詰めている間に、晴馬は何度も千愛に腰を打ち付ける。

苦しくて、痛くて、じんじんしているのに、
熱くて、くらくらして、気持ちが良かった。

千愛は晴馬の身体にすがりつきながら彼から与えられる快楽にあられもない声を出す。

「あ、あ、あぁ、やぁ、あぁっ！」

ぐちゅぐちゅと粘ついた液体がかき混ぜられる音がする。それが自分と晴馬が繋がっている場所から出ているという事実に、また頭が沸騰した。

「ちえ」

「はるま、さ――」

荒い呼吸が交差して、けれどすんでのところで唇は重ならなかった。

その代わりというように彼は千愛の首筋に唇を落とす。そして、そのまま強く吸い上げた。

「やあぁ！」

下腹部がきゅっと締まって、晴馬の抽挿《ちゅうそう》が段々と速くなっていく。

肌と肌がぶつかり合う音を聞きながら、千愛は自分の中で晴馬の雄が大きくなるのを感じた。

そして、自分の中の高まりも――

「あ、あああ、あああぁぁ！」

晴馬の雄が一際大きく硬くなる。それが、精を放つと同時に、千愛も身体をそらした。

身体中の筋肉という筋肉がきゅぅっと収縮して、ぶるぶると震える。

「んんん――！」

千愛は初めて達するということを全身で味わった。

◆◇◆

やってしまった……

昨晩、いやもう一昨日の晩だろうか、そのときに頭に浮かんだ感想と全く同じものが晴馬の頭に浮かんでは消えた。

隣には安らかな寝息を立てて寝ている千愛。一糸まとわぬ彼女の姿が、昨晩の情事が夢ではないことの証明のようだった。彼女は寝ぼけつつ、晴馬の身体にすり寄ってくる。そして「むぅ」と小さい寝言を漏らした。瞬間、再び彼女の中に自分を押し込んでしまいたい欲が生まれたが、さすがにここから始めるのは節操がないだろうと頭を振った。

身体を起こすと、枕元に置いていたスマホが目についた。メッセージアプリには『99＋』の表示がある。案の定、研究室のメンバーから山のようなメッセージが届いていた。

『部長！　説明はどうなったんですか!?』

『もしかして二人って？』

『いやいや早とちりするな！』

『でもでも、気になるじゃないですか！』

一年以上前に作ったグループ部屋に大量のメッセージとスタンプが並んでいる。

晴馬は少し悩んだ末に、隣で寝ている千愛の左手に自身の左手を重ねた。そうして二人の薬指が見えるように撮影する。その写真をメッセージアプリに投稿した。そして、直後に『おかげさまで、結婚しました』の文字。

瞬間、メッセージ欄が沸き立った。『おめでとうございます』が並ぶメッセージ欄にふっと笑みを零して、晴馬は寝ている千愛を眺める。

千愛のいつもはさらさらとしたストレートヘアが、昨晩の汗により束になっている。それが額や頬にくっついて、それを見ているだけで妙な気分になってくる。

「かわいいな」

自然にそう漏れた。千愛はあまり自分の容姿のことをよく思っていないらしいが、晴馬から見れば彼女は最高にかわいいし、愛らしい。いや、『晴馬から見れば』ではない。他にも彼女のことをいいと思っている男はいくらでもいる。

昨日の男がいい例だ。

自殺をしようとしていたという彼は、きっと命を助けてくれた千愛に一目惚《ひとめぼ》れでもしたのだろう。もしくは『命を助けてくれたのだから、自分のことを彼女は好きなのかもしれない』などと勘違いでもしたか。千愛は目の前で死なれるのが嫌だとか、可哀想だとかいう理由で彼を助けただけで、相手が誰であるということは考えてもいなかっただろうが、相手の気持ちを全く考えず、それらのことに理由を見つけだそうとする人間はそれなりにいる。つまり、『自分の顔が好みだったから助けたのだろう』と考える、勘違い野郎もいるということだ。もっと言うなら、偶然の積み重ねに『運命』という名前をつけたがる人間はそれ以上に多いだろう。

そして、そういう男たちはこれからも千愛の前に現れ続ける。

「なんとかしないといけないな……」

なんとかしなければ、いつか千愛を横から来た男にかっさらわれるかもしれない。

そのためには今まで通りのアピールではだめだ。晴馬はこの一年間、千愛に惚《ほ》れてもらうどころか自分の気持ちにも気づいてもらえなかった。初心で、鈍くて、ちょっと天然な彼女のことを落とすには、もう少し攻めた方がいいのかもしれない。

幸いなのかなんなのか、晴馬と千愛はもう身体を繋げてしまった。一回でも二回でも同じというわけではないが、最初の一歩の重みと二歩目の重みは天と地ほどの差がある。

それに――

（全然嫌がらなかったしな……）

全くと言っていいほど、彼女は晴馬のことを拒まなかった。

彼女は『酔ったら欲望が解放される』的なことを言っていたが、もしかすると本当にそうなのかもしれない。それならば、それを利用しない手はなかった。

「んんっ……」

千愛のまぶたがぎゅうっと閉じられて、小さく声が漏れた。晴馬が彼女のことをじっと見下ろしていると、それに応えるように彼女のまぶたがゆるゆると開いた。そしてぼんやりとした目で晴馬を見上げた。

どうやらまだ状況が飲み込めてはいないらしい。

（まずは昨晩の記憶があるかどうか、だが……）

晴馬はできるだけ優しい声で「千愛？」と呼びかける。

千愛はその声に数秒固まった後、徐々に目を見開いた。

「は、は、は、はるまさん⁉」

ひっくり返った彼女の声に昨晩の記憶を感じて、晴馬は心の奥でニヤリと笑った。

みるみるうちに真っ赤になる千愛。まるで身体を隠すように彼女は掛け布団を上に上に引き上げる。

「わ、私――！」

「千愛、一つ提案があるんだが――」

晴馬は彼女の耳に唇を寄せる。

そして、とある提案をした。

第三章

『お互いにHがしたくなったら、一緒にしないか？　それが一番合理的だと思うんだ』

その提案をされたのは、初めて彼と一緒に朝を迎えた日のことだった。

昨晩を割と鮮明に覚えていたこともあり、混乱した千愛は晴馬の提案をよく考えもせずに首をかくかくと振って了承した。


それから一ヶ月後、千愛は彼からの提案を飲んだことを後悔し始めていた。

（晴馬さんがおかしい……）

ケーキの中に入れるベリージャムの味見をしながら、千愛はそっとため息を付いた。

なにがどうおかしいのか説明をしろと言われたら難しいが、とにかく彼は変わってしまった。あの身体を繋げた朝から――

『今度から夜は一緒に寝ないか？』

千愛は彼の声を思い出す。

あれは、身体を繋げた日の朝。朝食を食べているときのことだった。

晴馬は先ほどベッドの中でした提案とは別に、千愛にそう問いかけてきた。言われている意味を飲み込めず、千愛が目を瞬かせていると、晴馬はなんてことない調子で続ける。

『まだ夜は寒いだろう？　部屋を温めて毛布にくるまるのもいいが、誰かと一緒に寝た方が暖が取れると思うんだ』

『それは確かに、合理的ですね』

後から考えたら、その言葉がいけなかったのだろう。

晴馬は千愛の返答に唇の端を引き上げてこう宣った。

『それなら、今日から俺の部屋で寝よう。千愛が小さいから今のベッドでも事足りると思うが、次の休日には新しいベッドも買いに行こうな』

『え？』と声を漏らした頃には後の祭りとなっていた。晴馬はさっさと知り合いの家具屋と連絡を取っており、五分後には新しいベッドを見に行く算段が整っていた。この状態で『先程の返答は、肯定でも否定でもなくて……』など言えるわけもなく、千愛はその日の夜から晴馬のベッドで眠ることになったのである。

そして、その状態でなにも起きないわけがなく、晴馬と千愛は身体を重ねるようになった。酷いときは毎晩。もっと酷いときには一日に何回も。生理などで仕方がないとき以外を除き、一週間と間を置くことなく、千愛は身体を求められ、彼女もその求めに応じた。

最初は気遣いのわかる行為だった。回数も一回だったし、あまり恥ずかしいこともさせられなかった。しかし、千愛が慣れてきたとわかると、晴馬はいろんなことを彼女に要求してきた。

この前なんて、明るいところで指が差し込まれている裂肉をじっと観察されたし、嫌だと言っているのに割れ目に舌を這わせてきた。それどころか、中にまで――

『は、るま、さんっ！　や、いや！　やめっ！　あ、あぁっ！』

『いや、じゃないだろう？　だって、こんなにココは喜んでる』

『そこで、しゃべ、らな――や、やだ！　また！　んん――！』

千愛は耳の奥に蘇る自分の声を、頭を振ってかき消した。

はじめは千愛も簡単に考えていた。どう簡単に考えていたかというと、添い寝、程度に考えていたのだ。晴馬も言っていた通りに彼のベッドは大きいし、千愛の身体も小さい。多少窮屈かもしれないが、それでも普通に寝るぐらい大丈夫だと思っていたのだ。

しかし、事態はそう簡単な話じゃなかった。

晴馬はほとんど毎日、千愛の身体を後ろから抱きしめて眠る。彼女の髪や首筋に自分の顔を押し付けるようにして、甘えてくる。そうしている間に腕の力が強くなり、お尻に硬いものが当たるようになると、彼は決まってこう耳元で囁くのだ。

『千愛』

名前を呼ばれるだけだ。本当に名前を呼ばれるだけ。

けれど、それがまるでスイッチであるかのように、その瞬間から千愛の身体も火照り始める。千愛が身体をもじもじし始めると、彼が薄く笑って太ももに触れる。

もうそこまで来ると、眠れない夜が始まってしまう。

だって二人には『お互いにHがしたくなったら、一緒にする』という約束があるのだ。

千愛がしたくて、晴馬もしたくて、二人の利害は一致していて。

身体を重ねることにも異論がない。

だから抱くし、抱かれてしまう。

そういったわかりやすい変化以外にも、晴馬は変わった。

どう変わったのかと一言で言うのならば、優しくなったのだ。

いや、晴馬はずっと千愛に優しかった。変わったのはその距離だ。

以前までの彼は千愛に優しいと言っても、ある一定の距離があった。それは心理的な距離でもあったし、物理的なものでもあった。しかし、ここ最近の彼は、その距離がなくなってしまったかのように振る舞っていた。

これまでだったら見下ろして優しく微笑みながら口にしていた言葉を、彼は耳元で囁くようになった。用事があるときに肩を叩いていたのが、腰に腕を回されるようになった。外を歩くときは並ぶだけではなく、手を引いたり腰に触れるようになった。

まるで、恋人や、本当の夫婦のように——

正直に言えば、千愛は晴馬のこのような変化を好意的に受け止めていた。心の内をそのまま言葉にするのならば、嬉しかった。距離が近くなったのも、抱かれるのも、全く嫌じゃない。

だから千愛は、彼との関係に悩んでいるわけではない。

問題なのは、それに伴って自分に湧き上がってきた気持ちだった。

(これは、まずい、ですよね)

千愛は先程まで舐めていたジャムとは別のジャムを口に入れる。どちらも砂糖は不使用で、添加物もできるだけ少なく調整したものだが、ケーキの中に入れるということでできるだけ甘く作ったものだ。

口の中にベリーの酸味と、舌が痺《しび》れるほどの甘さが広がる。

それと同じぐらいの甘さが、自分の胸に広がっているのが問題だった。

好きかもしれない。

それに気がついたのは、彼と身体を重ね始めてから二週間ほどがたったある日のことだった。その日の晩も散々喘がされて千愛は泥のようにベッドで眠っていた。しかし真夜中、妙な物音に目が覚めたのだ。ゆっくりとまぶたを開けると、そこには晴馬の姿があった。どうやらリビングの方に行っていたらしい。扉の前に立つ彼の後ろからはリビングの灯りが差し込んでくる。それまで暗闇の中にいたからか、差し込んでくる光はわずかなのに、千愛は眩《まぶ》しさで目を瞑《つぶ》った。そうしていると、扉が閉まる音がして、晴馬が近づいてくる気配がした。

『寝てるな……』

千愛は目を開けるタイミングを逃し、そのまま目を瞑ったままでいた。声の感じから晴馬がベッドの脇に座ってこちらを覗き込んでいるのがわかる。

『かわいいな』

しみじみとそう言われて、戸惑った。

抱かれている最中、彼は何度も千愛に『かわいい』と言ってくれる。それを疑っていたわけではないが、こんな素面《しらふ》の状態で慈しむように言われたら、千愛が本当はどのような姿であれ、彼の目には千愛がそう映っていると実感してしまう。

心臓の音が聞こえないように千愛は胸を手でぎゅっと押さえた。

『おやすみ』

彼はそう言って、最後に額にキスを落としてきた。

そして、横を向いている千愛の背中の方に回り込み、布団に入った。そして、しばらくの後に聞こえてきた寝息。千愛は彼が寝付いたと確信した瞬間ぱっと目を見開いた。そして、熱くなった頬を覆う。

『こんなの、合理的じゃないです』

言葉になるかならないかぐらいの小さな声で、千愛はそう呟いた。

このとき、千愛はときめいたのだ。晴馬の優しさに。それまでも散々彼にときめいていたのかもしれないが、意識したのはこのときが初めてだった。しかし、意識というものは恐ろしいもので、一度してしまうとわずかな自分の変化にも気がついてしまう。

こけそうになったときに支えてくれる大きな手。

こちらに笑いかけてくるときの目尻の皺。

なぜか自分に対するときだけ、とびっきり甘く聞こえてしまう声。

抱きしめてくれるときの大きな体躯《たいく》。熱い胸板。

情事のときの必死さをにじませた瞳。

気がつけば、千愛はすべてにときめいていた。

千愛が晴馬のことを好きなのは、出会ってからずっとだ。ずっと。

今だって尊敬しているし、敬愛しているし、信頼しているし、信用している。

でも少し前は、それは人としての『好き』だったはずだ。――はずなのだ。

それとも、以前から彼のことを男性として意識していたのに、千愛がそれに気がついてなかっただけなのだろうか。

（でも、こんな。さすがに恋愛は合理的ではなさすぎます）

自分の気持ちが判然としない。なんとなくこれかな、と掴みかけて入るのだが、まだ確信には至っていない。

（もう少し、もう少しだけ……）

この気持ちに名前をつけたくない。

つけてしまったら、もう後には戻れない気がする。

今の千愛と晴馬の距離だって、関係だって、その感情に名前をつけた瞬間、変わってしまうだろう。

だって晴馬の気持ちが千愛にはわからない。

千愛は口の中の甘みに目を瞑る。胸の中に広がる苦味には気づかないふりをした。

◆◇◆

「今日は、さすがに疲れましたね……」

日付も変わろうかという二十三時。

その日の晩、千愛は一人で帰路についていた。猫が爪で引っ掻いたような月が見下ろす中を、彼女はのんびりと歩く。彼女がいる狭い道路には、ポツポツと街灯があるだけで、あたりはとても暗かった。

ここ最近、千愛は帰りが遅くなるからといって、晴馬とは一緒に帰っていなかった。彼は待つと言ってくれたのだが、さすがにそれは悪いからと断っていた。

近頃の千愛は毎日のように会議漬けだった。彼女が最近開発を始めていたケーキは、まだ構想段階で、どのような付加価値をつけたケーキを作るのかを、研究室の仲間や上の人間と話し合っていたのだ。

安易なのはやはり低糖質や無添加といったところだが、『ケーキを食べるだけで一日分の栄養素が取れる⁉』というようなキャッチフレーズがつくような完全食としての甘味というものも捨てがたい。しかし、どれを作り始めるにしてもまずは期間と予算が必要だ。あまりにも長い期間と膨大な金を商品開発に当てた結果、満足行くものが出来上がりませんでしたとなれば、会社は大損してしまう。ようはバランスが大切で、そのあたりの現実的なラインを彼らはすり合わせをしていたのだ。

――で、この時間である。

千愛は夜空を見上げながら、ほぅっと息を吐く。

そうして思い出すのは、やっぱり晴馬のことだった。

帰りが遅くなり始めた頃、晴馬は食事も摂らずに千愛のことを待っていた。さすがに悪いから食事は摂ってくれと頼んだのだが、『一緒に食べる方が美味しいから』という理由で頑なに譲らず、結局『食べて帰るので先に食べてください』という方法で先に食事を摂ってもらうこととなった。

晴馬は優しい。すごく優しい。

だけどその優しさは万人に対するもので、『千愛だから』という理由で与えられるものではない。だけど意識し始めたらその優しさに理由を探したくなってしまい、そういう心の変化に自分の気持ちを知る。その繰り返しだった。

（私はやっぱり晴馬さんのことが……）

千愛は頭を振る。その議題はもっと先に考えると決めたばかりだ。

こんな頭が熱に浮かされている状態で考えることじゃない。

それに、千愛は恋愛をしたくないのだ。

なぜなら、それはもっとも合理的ではない感情の一つだからだ。

（合理的であることは、守ること、ですからね）

そこまで考えたとき、不意に背後から、カラン、となにか空き缶のようなものを蹴った音がした。千愛が慌てて振り返ると、案の定、空き缶が道の真ん中に転がっている。

しかし、その缶はまだ動いているのに、缶を蹴った人物はどこにも見当たらない。

嫌な予感がした。

ざわりと、背筋が粟立《あわだ》つ。

目で見えないものや、理由のないものを千愛は普段信じない。しかし、このときばかりは、身体が勝手に動いた。

まず一歩、身体がその場から離れた。そして、二歩、三歩。そこまではかろうじて歩いていると言えるぐらいの速度だった。四歩、五歩、六歩。早歩きから駆け足になる。七歩、八歩、九歩……

気がつけば千愛は走っていた。

普段営業などに出ない千愛の靴は走りやすいスニーカーではあったが、彼女自身が運動をあまり得意としておらず、何度も足をもつれさせた。

自分の足音が路地に反響する。

タッタッタッタッ……

そして、なぜかもう一つ――

タッタッタッタッ……

足音が二重になって聞こえる。千愛は走りながらも身体をこわばらせた。

誰かが自分のことを追いかけてきている――！

叫び声を上げようとして、声が喉から出なかった。恐怖ですくんだ喉が吐き出すのは小さな喘ぎのような声だけ。そうしている間にも足音はどんどん大きくなっていく。相手が近づいているのだ。

千愛は必死に手足を動かす。そうして、十字路を曲がったところで、なにか大きなものにぶつかった。それは柔らかい素材でできた壁のようなもの。それは――

（人っ!?）

背後から追いかけてきた男が前に回ってきたのだろうか。

千愛は渾身《こんしん》の力を込めて、声を上げようとした。しかし、それらは音にならなかった。

「千愛？」

なぜならそこにいたのが、晴馬だったからだ。

「どう、して？」

「昨日もこのぐらいの時間だったからな。そろそろ帰ってくるだろうと思って、迎えに来たんだ」

何気なくそう言った後、晴馬は千愛の顔色にすぐさま気がついたようだった。

「どうかしたか？　真っ青だぞ!?」

「いえ……」

千愛は一度背後を振り返る。背中の方でしていた気配も足音ももうしなくなっていた。

喉元すぎれば……というわけではないが、今ではもう本当に自分が追いかけられていたのかさえも怪しい。だって千愛は追いかけてくる人間を見たわけではないのだ。

「大丈夫か？」

「……はい。ちょっと疲れてしまったみたいで」

だから、そう返した。それに「人につけられているような気がして……」というのは、なんだか自信過剰のような気がしたのだ。

晴馬は千愛の言葉にしばらく考えるようにしていたが、「本当か？」と聞いただけで、それ以上追及してくることはなかった。

晴馬は千愛の手を取る。そして「冷たくなっているな」と優しく微笑んだ。

先程までしていた緊張が彼の体温によって解かされていくのを感じる。もうそれだけで先程の恐怖も焦りも全部忘れてしまえるような気がした。

「今日は寒いから。帰ったらすぐに風呂を入れような？」

晴馬の優しい声に千愛はわずかに口角を上げて「はい」と頷いた。


「ボイラー設備の故障だそうだ」

晴馬が千愛にその事実を告げたのは、家に帰ってしばらくしてからだった。千愛がソファに座って身体を休めている間に、晴馬がお風呂の準備をしてくれていたのだが、お風呂が入ったことを知らせる音楽が流れた後で風呂場を覗いてみると、お湯が湯船の半分しか入っていなかったらしい。

晴馬が驚いてマンションの管理会社に連絡をすると、状態から考えてボイラー設備の不具合であるとの回答が返ってきた。そして、それらを直せる業者は明日の朝にならないとマンションまで来られないらしい。

幸いなことに水は出るので生活には困らないが、まだ春とは呼べない一月半ばにシャワーを浴びることもできなければお風呂にも入れないのはいささかつらい。それに千愛は先程全力疾走したばかりなのだ。身体を温めたいという気持ちよりも、汗を洗い流したかった。

しかし、目の前にあるのは湯船に半分だけたまったお湯のみである。

マンションの浴槽は大きいので半分と言ってもそれなりのお湯の量があるのだが、どうやって入っても肩まで浸《つ》かることができない。これではお湯に入ることができても変に湯冷めしてしまうかもしれない。

（これでは、仕方がないですね……）

千愛がそう諦めかけたそのとき——

「一緒に入るか？」

晴馬が後ろからそう提案してきた。びっくりした顔で千愛が振り返ると、彼はまるでそういうのが約束のように「その方が合理的だろ？」と唇の端を引き上げた。

誰かと一緒にお風呂に入るのは、小学生低学年以来だった。

半分だったお風呂のお湯は、千愛と晴馬の体積により浴槽の縁までいっぱいになっており、難なく肩まで浸かることができる。確かに少ないお湯でお風呂に入るのならばこれが合理的だ。合理的だが、心情的にはちょっと勘弁してほしかった。

（だって、こんな明るいなんて……）

当然のことながら、風呂場は明るい。ライトが煌々《こうこう》とあたりを照らしているのだ。お湯も泡風呂やミルク風呂ではなく、普通の透明なお湯なので、裸体がはっきりと見える。千愛のことを後ろから抱え込むようにしている晴馬にも彼女の一糸まとわぬ姿ははっきりと見えているだろう。

これは、はっきり言って恥ずかしい。

「ちゃんと肩まで浸かっているか？」

「はい。大丈夫です」

千愛はそう言いながら恥ずかしさも相まって身体を内側に折り曲げた。

そんなに恥ずかしいのならば、一緒にお風呂に入らなかったらいいようなものだが、『合理的に』と言われるとそうも行かないのが心情だった。千愛にとって合理的であることは、守らなくてはならない法のようなものだからだ。

それに、恥ずかしいだけだ。恥ずかしいだけ。

決して、こうやって晴馬とお風呂に一緒に入ることが千愛は嫌ではないのだ。

背中に感じる体温。ゴツゴツした身体。

その全部に心臓が高鳴って、その全部に安心してしまう。

ゴツゴツした身体——ゴツゴツ？

なんか背中に硬くてゴツゴツしたものが当たっている気がする。

千愛は背中の方でわずかに覚えた違和感に、身を捩《よじ》った。すると後ろの晴馬が「うっ」と小さい声を漏らす。その情事特有の甘さを含んだ声に、千愛は晴馬の方を振り返った。

「あ、あの……」

「悪い」

彼の顔が火照っているのは、なにもお湯に入っているからだけではないだろう。千愛は彼の顔から視線を外し、そのまま目線を彼の下腹部に移動させた。そこにはもう完全に準備が整っている彼の雄がある。

「これは、その、男の性というやつで……」

「苦しくはないですか？」

「大丈夫だ。後からなんとかしておく」

「なんとか……」

その『なんとか』がわからないほど、千愛は子供ではない。

「あの、お手伝いしましょうか？」

「は？」

「いえ、あの。ちょっと、興味もありまして……」

セックスをするとき、大概は暗い中ですることが多い。それは千愛がそう望んでいるからでもあるし、するときの大半が寝る前のベッドの中だからだ。だから、千愛は何度も彼に抱かれておきながら、晴馬のソレを直視したことがなかったのだ。今だって、背中の方にあって千愛は直視していない。

「いや、いい」

「見られたり触られたりするのは嫌ですか？」

「嫌ってことは絶対にないんだが……恥ずかしいからな」

「晴馬さんは私に恥ずかしいことばかりするのに、ですか？」

少しむくれたような声が出たのは、不平等だと思ったからだ。千愛のエッチなところはじっと見つめるし、触るし、舐めるし、いじったりもするくせに、晴馬の大切なところは見せてもくれないだなんて、なんだかちょっとバランスが取れていないではないか。

「俺はいいんだ」

「なんで晴馬さんがよくて私がだめなのか、合理的な説明をお願いします！」

「なんで今日に限ってそんなに積極的なんだ」

「だって、不平等じゃないですか」

千愛の非難のこもった声を受けて、晴馬は少しだけ考えた後に、「多分ひくぞ？」と迷うような声を出した。

「なにを言っているんですか。それぐらいじゃひきませんよ」

「……本当か？」

「本当です！　なので、見せてください！」

このとき、千愛は少しムキになっていた。晴馬の雄を見ただけでひくと思われているのが心外だったからだ。

それに、これでも小さな頃は従兄弟の男の子と一緒にお風呂に入ったこともあるのだ。だから、彼の下半身にどういうものがついているかぐらい、理解しているつもりだった。

理解、しているつもりだった……。

晴馬はさらに数十秒迷った後、「後悔するなよ？」と言って、立ち上がる。そして、浴槽のふちに腰掛けた。

「え？」

千愛が固まったのは、理解しているつもりだったものが、理解の範疇《はんちゅう》を越えていたからだ。

「え？　ええ⁉」

申し訳ないことにひいた。すごくひいた。本当にひいた。

千愛の目の前にあったのは、想像の数倍の質量を持った、杭《くい》だった。彼の臍《へそ》まで届きそうなほど太くて長いそれが、自分の中に収まっている瞬間があるだなんて信じられない。まぁ、彼女の想像の中にあった男性器は、小学校にも通っていないような小さな男の子のものなのだから、当然といえば当然なのだが。

千愛は明るい中で彼の雄をまじまじと見つめる。浮き出た血管がわずかに脈打っているような気がして、見た目のグロテスクさに拍車がかかっている。

見つめられているのが恥ずかしいのだろう、晴馬は千愛から顔を背けた。

「もう、いいか?」

「ダメです!」

千愛は晴馬を止めてから、興味の赴くままに右手で彼のそれに触れた。

「──っ」

最初に触れたのは先端の丸くなっている部分だった。千愛は指先で彼のそこを撫でた後、それからその下を握るようにして持った。彼の杭は太くて、千愛の小さな片手では指が回らない。あと少し、足りない。彼女はまるでマイクを持つかのように両手でぎゅっと彼の雄を摑んだ。

「どうしたら、気持ちがいいですか?」

「は?」

「さっき言ったじゃないですか、『お手伝いしましょうか』って」

「それ、本当だったのか」

「本当?」

「てっきり、興味本位だけで言っているのかと……」

千愛は「そりゃ、興味はありますが……」と口を尖らした後、彼の雄を握り直した。

「なにも知らないので、教えてくれますか？」

千愛がそう言って、首を傾げると、彼は顔をさらに赤くした。そして、一瞬ためらった後、恥ずかしさを押し殺したような声を出した。

「そのまま、上下に擦ってくれ」

「こう、ですか？」

「あ、ぁ」

頷いたのか、喘いだのか、わからなかった。

千愛は晴馬の顔を見ながら、彼の雄を上下に扱《しご》く。ゆっくりと擦っていると、晴馬は千愛から顔をそらした。きっと顔の赤みを見られたくないのだろうが、代わりに彼の赤い耳が見えた。

晴馬の呼吸が荒い。

千愛が扱いているそれの先端には、てらてらとなにかが溢《あふ》れ出《だ》していた。

「これ」

「恥ずかしいからあまり見ないでくれ」

苦しそうに晴馬が言う。千愛はそれを無視して、不思議そうに彼の先端から出てきた液を眺めた。そして、おもむろに指で触れてみる。その際に指先を雄の先端に押し付けるようにしてしまったからか、彼が小さく声を出した。

（かわいい……）

その感想はなにに対してのものなのかわからなかった。彼が漏らしてしまった声にか、寄せられた眉にか、明らかに大きく、硬くなった彼の一部にか。

でも、結局どれにしたって、晴馬であることには変わりがなかった。

千愛は、ごく自然に、まるでそうするのが当たり前だというように、彼の先端に唇を付けた。晴馬が自分の中心にそうするように、何度もキスをして、舌を使って愛撫した。千愛の大胆な行動に「なに、して！」と晴馬が驚いたような声を出していたが、それも無視をした。だって、晴馬は千愛を愛撫しているときに、「やめて」と言っても聞いてくれないのだ。千愛は彼の雄を口に含む。晴馬は舌を入れてくるのだから、きっとこれでおあいこだろう。するると、晴馬が先程よりも必死さをにじませた声を出した。

「千愛！　待て！　ちょっと！」

唾液を絡ませながら、手の動きに合わせて頭を動かした。すると、彼の息が荒くなり、「やめっ――」「ばか！」など、小さく漏らす。しかし、千愛の頭を無理やりひっぺがしたりしないあたり、気持ちはいいのだろうと判断して、彼女はなおも続けた。

このときの千愛は、ちょっとだけ、いつもよりちょっとだけ、イジワルになっていた。いつも自分をいいようにするこの男に、少しだけ、意趣返《いしゅがえ》しをしたくなったのだ。

口を動かしながら彼の雄に舌を絡める。できるだけ唾液を絡ませて、口をすぼめるようにすると、彼の腰がゆらゆらと動き始める。息も相当に荒い。

「千愛、頼むから――！」

とうとう我慢ができなくなったのか、彼が千愛の肩を押す。しかし、千愛がわずかに抵抗を見せたのがいけなかったのか、彼女の目の前で晴馬の雄が白い液体を噴き出した。タイミングが口を離した直後だったので、彼女の顔にもその白い液体がかかる。それがいつも自分に吐き出されているものだと理解して、千愛は頬をこれでもかと赤くした。

晴馬は恥ずかしいのか顔を手で覆っている。

そんな姿もさまになっていて、やっぱり少しだけかわいかった。

「気持ちよかったですか？」

「……千愛」

その声はどこか怒っているような低さを持っていたが、顔の方は全く怒っていなかった。

晴馬は千愛の前に仁王立ちになる。そして、おもむろに彼女の脇の下に手を差し入れた。

「えぁ⁉」

ひっくり返った声が出たのは、そのまま持ち上げられたからだ。まるで子供のように彼女は抱き上げられ、彼の太くたくましい腕に支えられた。そしてそのまま浴槽から出されて、壁に手をつかされた。

まずいと思ったのはその体勢だ。千愛は晴馬の方に臀部《でんぶ》を突き出す形になっている。

「あの、晴馬さん!?」

「君がいけないんだからな」

唸るようにそう言った彼の手には、どこから出したのか避妊具があった。

千愛は目を丸くする。

「それ――!」

「君と一緒に風呂に入るというのに、期待しないわけがないだろう?」

「……どこに持っていたんですか?」

「タオルの中に挟んでいた」

「タオルって……」

「気にするのは、そこでいいのか?」

晴馬はかぶせをした先端を千愛の割れ目にあてがった。

「ちょ――」

「なんだ。もう濡れているじゃないか」

先端が彼女の蜜の粘度を確かめるようについたり離れたりする。広い浴室内にちゅぷちゅぷと粘度のある水音が広がった。

「もしかして、想像でもしていたのか?」

そう甘い声で図星をつかれ、顔がカッと熱くなった。

彼の雄を擦りながら、千愛はそれが自分の中を出入りするのを想像していた。というか、正確には思い出していた。

千愛の反応に晴馬は嬉しげに頬を引き上げた。

「千愛はえっちだな」

「えっちにしたのは、晴馬さんですよ？」

振り返り、口を尖らせながら千愛はそう言う。それは単に『それまで経験がなかった』ということを言いたかっただけなのだが、晴馬はそれを別の意味に取ったようだった。

「えっちにしたのは、俺か。そうか、いいな」

晴馬はそう言ってなにかを嚙み締めた後、今度はしっかりと杭の切っ先を千愛の割れ目にあてがった。敏感な部分に触れたソレに千愛の身体が飛び跳ねた。

「いいか？」

晴馬がそう聞いてきたのと、先端が入ってきたのはほとんど同時だった。先程熱を吐き出したそれは、もう吐き出す直前の硬さを取り戻しているようだった。

ほぐされてもいない割れ目を無理やりこじ開けようとする感覚に、千愛は身体をこわばらせる。

「う……」

「大丈夫だ。痛くはしない」

ぬるりと先端だけを押し入れて。そのまま晴馬はゆっくりと腰を動かした。挿入は優しいが、大きなその杭を打ち込もうとする行為そのものは全く優しくない。

「もうぬるぬるだな」

「――言わないでぐださいっんんっ」

またぐっと晴馬が腰を進めてきて、千愛の身体はのけぞった。

苦しい。気持ちがいいけれど、苦しい。圧迫感がすごい。

千愛は苦しげに息を吐き出すと、喉を震わせて「うぁぁ」と小さな声を出した。その瞬間、彼の質量が増す。

「うん……」

「かわいいな」

「あ、あぁぁ、ぁ」

「千愛、かわいいよ」

耳元で、まるで褒めるようにそう言われ、下腹部が熱くなった。

容姿なんて、どうでもいいと思っていた。褒められても嬉しくなかったし、そもそも褒められることが少なかった。だけど、晴馬にこうやって褒められるのはそれらとは別だ。嬉しい。純粋に嬉しい。彼にそういうふうに思ってもらえることが、彼の瞳にそういうふうに写っていることが、この上なく嬉しい。

晴馬は千愛の内臓をゆっくりと押し上げる。千愛が先程までさすっていた大きなもので突き上げてくる。

「はるま、さん。つらいです」

千愛がそう弱音を吐いてしまったのは、痛かったからではなかった。

「この体勢、つらいです」

千愛は晴馬を振り返りながらそう言った。

もともと、千愛と晴馬はかなりの体格差だ。それに晴馬はそこら辺の男性よりも手足が長い。つまりどういうことかというと、臀部を突き出した千愛は彼を迎え入れるためにつま先で立つようにしていたのだ。それに限界が来ていた。もちろん晴馬も腰を落としてくれているのだが、腰を落とすのとつま先を上げるのでは、後者の方が体勢としては辛いだろう。それに、晴馬は学生時代も今もスポーツをしているが、千愛は昔からそういうものとは無縁に生きてきた。このあたりの差は大きい。

「わかった。それなら、こうしよう」

「え⁉」

声を上げたのは、晴馬が途中まで進めていた腰をいきなり抜いたからだ。今まで自分を圧迫していた質量がなくなり、千愛はどこか物足りなさを感じて振り返った。しかし、その物足りなさはすぐに終わった。

「千愛、おいで」

優しくそう言われ、彼女は持ち上げられた。今度は向かい合わせで抱き上げられる。太ももで彼の腰を挟むようにすると「いい子だ」となぜか褒められた。その理由はそれからすぐ知ることになる。

「ぁんんん――！」

あられもない声を上げてしまったのは、そのままの状態で彼の雄が千愛の身体を貫いてきたからだ。しかも今度は、容赦なく。奥までずっぷりと。

自分の体重の分だけいつもより深く穿《うが》たれて、千愛は身体を震わせ、喉を晒した。

晴馬はそんな彼女の喉に噛みつき、首筋にくっきりとした痕を残す。彼はそれを何度か繰り返した後、満足そうに上唇を舐める。

「動くぞ」

そう言って、彼は千愛の臀部を鷲摑《わしづか》みにした状態で、彼女の身体を上下に揺らし始めた。

地に足もついていない状態の千愛は、抵抗できないまま揺さぶられる。彼女にできることと言ったら、落ちないように晴馬の首に腕を回すぐらいだ。

「は、るま、さんっ！」

「ん？」

「ふか、くて――ぁ、なんか、入っちゃ、だめな、ところまで、んんっ！」

「入っちゃだめなところってここか？」

晴馬は動きを止めると、千愛の腰を掴み、自分の雄をグリグリと彼女の奥に押し付けた。

「んんんん――！」

すべての筋肉がぎゅっと収縮し、身体がこわばる。

晴馬は千愛のそんな様子に嬉しそうに頬を引き上げた。そして「千愛は奥が好きだな」とまた律動を始めた。しかし、今度は先程とは違い、奥を、奥を、攻めてくる。

その腰の動きに千愛は自分のなにかが高まっていくのを感じた。心臓がこれでもかと内側から身体を叩く。

「やだ！　イっちゃう、イっちゃ――」

「んっ」

千愛の彼の精を搾り取ろうとするような膣の動きに、晴馬の顔もわずかに歪んだ。

腰から背筋を通って駆け抜けた電気信号が脳の中で破裂する。

「ぁ――！」

身体が何度か痙攣する。頭の奥が痺れて、もうなにも考えられないまま、千愛は晴馬の身体を力いっぱい抱きしめた。

そうしてやがて身体からぐったりと力が抜ける。それまで止めていた息を吐き出すと、晴馬が頬に唇を落としてくる。

千愛はふわふわとした頭で目の前の晴馬の顔を見つめた。

「はるまさ——」

「千愛。俺はまだだからな」

「え？」

千愛は自分の下腹部を見下ろした。

まだ彼女の中にある晴馬の雄は、確かに硬さを失ってはいなかった。

「あの……」

いつもは千愛が達するときに晴馬も一緒に達することが多い。そうでなくても、お互いわずかの差で果てることがほとんどだ。千愛が達したのに、ここまでガチガチの状態で彼女の中にいる晴馬など初めてだった。

「俺はさっき一度出したからな。もう少し持ちそうなんだ」

その顔はいつもとは違う意地悪さを含んでいた。しかも、彼のこの余裕な表情、おそらく『もう少し』ではない。

「もしかして、さっきの、怒って——」

「俺はやめろと言ったからな？」

晴馬が止めるのも聞かず、千愛が彼の雄を愛撫して、果てさせてしまった。晴馬はそのこ

とに軽く怒っているようだった。

「付き合ってくれるよな？」

優しくそう囁かれた後、千愛は再び身体を揺さぶられた。

◆◇◆

救急車が去っていく。

友人を連れて去っていく。

もう二度と帰ってこないところまで、彼女を連れて去っていく。

遠くに見える赤い光。聞こえるサイレンの音。

ざわめく野次馬の声。凍りついた千愛の身体。

『私のせいだ』

その声は誰にも届かず、喧騒の中にかき消えた。

『私のせいだ。私のせいだ。私のせいだ』

事実を飲み込んだ瞬間、身体が震えた。

もうどうしようもない後悔の念だけが黒く黒く胸の中を埋め尽くす。

『私のせいでさっちゃんが――』

涙が転がり落ちて、穿いていたスカートを濡らす。

『私のせいで――』

『わたしの――』

「――え、ち……、ちえ、千愛！」

千愛は自分のことを必死に呼ぶその声にはっと目を開けた。

そこは晴馬の部屋――というか、もう二人の寝室となっている場所だった。

千愛は身体を起こす。先程まで一糸まとわぬ姿だったはずだが、今は晴馬のシャツを着ていた。

「大丈夫か？　うなされていたぞ」

心配そうな顔で晴馬が覗き込んでくる。千愛は視線を下に向けたまま「……はい」と頷いた。頭の中ではまだあの赤いランプが回っている。それと同時に聞こえるサイレンの音。後悔の念。

どうして今更こんな夢を見るのだろうか。

そう思ったところで晴馬に抱きしめられた。彼は千愛を太い腕で抱きしめながら頭を撫でてくれる。

「なにか怖い夢でも見たのか？」

「はい。……少しだけ」

「大丈夫だ。俺がいる」

彼の低い声が身体に染み込んでいく。千愛は晴馬にされるがまま、どうして自分がそういう夢を見てしまったのかを少しだけだが、理解した。

(もしかしたら、私は怖かったのかもしれないですね)

晴馬のことを好きだと認めることを。

だってそれは今まで千愛が守っていた法律を破ることと同じだからだ。

合理的であることは守ることだ。相手も、自分も。

自分の外側に指標を置いておけば、感情によって判断をブレさせることがない。いつも、常に、正しい判断ができる。

でも、恋愛は合理的ではない。

合理的とは真逆の、感情がすべての指標となる考え方だ。

だけど——

「大丈夫だ」

晴馬の大きな手が千愛の頭をゆっくりと撫でる。

千愛は晴馬のことが好きだ。恋愛的な意味で好きだ。

キスしてほしくて、抱きしめてほしくて、枕を交わしたい、方の好きだ。

千愛はこのとき、それを改めて理解して、もうとっくに認めていた。

それはきっと、合理的な理由では変えられない。

「平気だからな」

「……はい」

晴馬とのことなら少しだけ、合理的から外れてもいいかもしれない。

千愛は彼の肩に頭を預けながら、そう思っていた。

◆◇◆

晴馬は、千愛とセックスするにあたって決めていたことが三つある。

一つ目はもちろん、感情のまま無理やり抱かない、だ。

千愛と晴馬は男女という差以上に体格が違う。晴馬はその気になれば千愛のことを簡単に組み伏せることができるだろうし、どういう意味だとしても壊すことができてしまう。それに、感情のまま彼女を抱けば、避妊だって忘れそうになる。子供ができても晴馬としてはなんの問題もないし、むしろ喜ばしいことだが、こういうのは女性の方に負担がかかるし、きちんと話し合ってから決めるべきだろう。感情に流されてその辺をおろそかにしてしまえば、彼女に嫌われてしまうだろう。それは本意ではない。晴馬の目指しているのは相思相愛の夫婦であって、お互いに欲望だけを満たせればいいという関係ではないのだ。

二つ目は、『好き』だと言わないこと。

これは別にこちら側から言うのが恥ずかしいとかではなく、彼女に気持ちを悟られてしまったら距離を置かれると思ったからだった。千愛が望んでいる夫婦は合理的な感情の伴わない夫婦である。それなのに、夫になった人間がいきなり感情丸出しで、自分にセックスを求めてくるというのは、普通に考えて怖いだろう。彼女の感情がこちらに向くまでは晴馬も『お互いに都合がいいときだけセックスをする、理解のある良き夫』を演じなくてはならない。だから、『好き』はだめなのだ。『愛している』も論外である。

その代わり、伝えたくなるたびに、『かわいい』と繰り返し耳元で囁いた。

三つ目は、キスはしない、である。

これは先程のように『気持ちを伝えないため』と言うのもあるが、願掛けのようなものでもあった。千愛と両想いになるまでキスはしない。そういう願掛けのような鼻先の人参のようなものを残しておきたかったのだ。

それでもたまに勢い余って頬には口をつけてしまうのだが。

(でも、昨晩は全部破ってしまいそうだったな)

昨晩の千愛の痴態を思い出しながら、晴馬は口元を隠した。晴馬の雄を握る千愛の小さな手。先端を舐める赤い舌。だめだと言っても聞かず、彼女はそれを口に含んで——

今思い出しても下半身に熱が集中してしまいそうだ。

晴馬はエレベーターの箱の中で頭を振る。

さすがにこれ以上はまずい。頭の中の妄想で悶々としているところを誰かに見られるわけには行かないからだ。まぁ、晴馬はその辺のポーカーフェイスは得意ではあるのだが。


晴馬はエレベーターを降りて、会社の入っているビルの出入り口に向かう。

彼はその日の業務を終えて会社を後にするところだった。千愛は今日もまた残業らしく、一緒には帰れないとのことだったが、晴馬は車の中で彼女のことを待つ気でいた。どうにも昨晩の彼女の様子が気になっていたのだ。

走ってきたのか、上気した頬。荒々しく上下に動く肩。こちらを向いた彼女の瞳にはこれ以上ない安堵が見て取れて、それがここに来るまでの彼女の不安を表しているようだった。

（もしかして、誰かに追われていたのか？）

千愛はなにも言わなかったが、その可能性はあるかもしれない。二人が住んでいる場所の治安は比較的いいが、それでも不審者がゼロということはないだろう。

そのとき、晴馬はビル近くに植えてある木の陰に見知った人間を見つけた。

彼はビルの方をチラチラと見ながらスマホを触っている。晴馬は彼の方まで大股で歩いていき、その背に声をかけた。

「おい。そこでなにをしているんだ?」

「え⁉」

ひっくり返った声を上げながら振り返ったのは、例の自殺未遂男だった。

(名前は確か、鳶岩蒼……とかだったか)

千愛から聞いた名前を思い出しながら、晴馬は彼に一歩近寄る。

「もしかして、千愛を待っているのか?」

「あ、いえ! あの……これは、たまたまで」

たまたまだと彼は言っているが、それは嘘だろう。それは晴馬の質問に答えるときの表情と、狼狽《うろた》え方からいってはっきりしていた。

晴馬が睨んでいると、蒼はやがて諦めたようにうつむいた。そして情けない声を出す。

「……えっと、はい。すみません。千愛さんから会社の場所を聞いていたので」

「なんの用だ?」

「前のことを謝りたくて! あの、お酒、飲ませてしまって……」

晴馬は言葉に眉を寄せる。

お酒云々《うんぬん》でそんな顔になったのではない。千愛が彼に自分の会社を教えたというのが信じられなかったのだ。

(お酒を飲んだときに喋ったという可能性もあるが……)

蒼は害のなさそうな顔で晴馬を見上げてくる。

「あの、あれから千愛さんは大丈夫でしたか？」

「問題ない」

「それなら、良かっ――」

「悪いが、もう帰ってくれ」

蒼が喋り終わる前に晴馬はそうピシャリと断じた。蒼は晴馬の言葉に口をつぐみ、驚いたような表情で晴馬を見上げた。

「君に千愛を会わせるつもりはない」

蒼はしばらく信じられないような目で晴馬を見つめていたが、晴馬が譲る気がないとわかるやいなや、唇をきつく引き結び「わかりました」と言った。

蒼はそのままとぼとぼと背を向けてビルを後にする。

その背中を見ながら、晴馬は険しい顔で顎を撫でた。

「……少しだけ、調べてみるか」

◆◇◆

「結婚、おめでとう！」

幾重にも重なったその言葉は、千愛にではなく、目の前の花嫁に向けられたものだった。

大きな円形のシャンデリアが見下ろす披露宴会場。品の良いツルツルとしたテーブルクロスがかけられた円卓がいくつも並び、そのどれにも白を基調とした花が飾られている。高砂《たかさご》には幸せそうな夫婦が並び、招かれた客たちが代わる代わる彼らに挨拶をしていた。

千愛はその日、高校時代の同級生——佐々木美幸《ささきみゆき》から結婚式に呼ばれていた。

千愛と美幸はお互いに『友人』とは呼び合っていなかったが、三年間ずっと同じクラスだったということもあり、それなりに話をする仲だった。今だって、たまに呼ばれれば一緒に食事に行くし、連絡も取り合っている。

純白のドレスを着た彼女は、シャンデリアの輝きを受けているからか、ものすごくキラキラと輝いていた。

「結婚式に来てくれてありがとうね！」

千愛が挨拶に行くと、美幸はそう言って頬を引き上げた。

隣にいる新郎もこちらを見て柔和な笑みを浮かべた。とても優しそうな人だ。

「そういえば、千愛も結婚したのよね？　招待状送るときに名字が違うって言われたから驚いたわよ」

「はい。今年のはじめに婚姻届を役所に提出しました」

「もー、ちゃんと教えといてよ！　私たち、友達でしょ？」

そう背中を叩かれて、千愛は驚いたように目を丸くした。

「……私たち、友人だったんですか？」

「えー、それって酷くない？　友人だと思ってなかったら、結婚式になんか誘わないわよ！」

酷くない？　と言っている割には、彼女の様子は少しも怒っているようには見えなかった。

その顔にはどこかで予想していたというような苦笑が見え隠れする。

「そ、それは申し訳ありません。ですが、いつから私たちは友人だったのでしょうか？　記憶を遡ってみても、お互いにそうだと確認した記憶がなく……」

千愛の狼狽えたような言葉に、美幸はこらえきれず噴き出した。

「友人なんて、『はい。ここから友人になりましょう』ってな感じでなるものじゃないでしょう？　全く千愛は、そういうところ、全然変わらないわよね」

「すみません」

「謝らないで。今のは『かわいい』って意味だから」

「かわいい？」

「千愛は、私のこと嫌いじゃないでしょう？」

「はい。……むしろ、好きです」

「今気がついたみたいに言わないの」

そう言われたが、千愛はたった今気がついたのだ。

彼女のことが好きだと、千愛はそのときに初めて気がついた。

「ふふふ。まぁ、千愛はその辺鈍いからね」

「鈍い、ですか?」

「私が知る人間の中で、一番、ね。……でもいいわ。千愛にとっての『好き』はいつだって『すごく特別』ってことだから。今はその言葉に免じて許してあげる」

「そう、ですか?」

「そうよ」

ぽかんとした千愛の顔に、美幸は楽しそうに肩を揺らす。

「そういえば、千愛は結婚式はしないの?」

「はい。今のところ予定はありませんが」

結婚式は最初のとき、『合理的ではありませんので、しない方向で行こうと思うのですが、いかがでしょうか?』と晴馬に聞き、了承を得ている。しかし、今の幸せそうな彼女を見ていると、結婚式も悪くないかもしれないと思ってしまうから不思議である。

「もし、結婚式するなら、ちゃんと私も呼んでよね。友人代表で」

そう言って笑う彼女は、やっぱりとても幸せそうだった。

披露宴会場となっているホテルから出ると、雨が降っていた。

ホテルから駅まではシャトルバスが出ていたので、自宅の最寄り駅まではなんの問題もなかったのだが、そこから先が問題だった。

「ここからどうしましょうか」

千愛は駅の構内で空から降ってくる雨粒を見上げながら呟いた。

ここからマンションまでは徒歩で十分程度の距離だ。タクシーに乗る距離ではないが、雨に振られて帰るには少し長い距離である。

千愛はあたりを見回した。すると視界の端に緑と青の特徴的な看板が目に入る。

コンビニだ。あそこなら傘が売っているかもしれない。

千愛は頭を庇《かば》いながらコンビニに駆け込んだ。そして入り口付近に置かれている目的のものを見つけた。

「ありました！」

千愛がビニール傘を手に取ったそのときだった。カバンの中のスマホが電子音を響かせた。どうやら電話のようだ。

カバンからスマホを取り出し誰からかかってきたものなのかを確認する。かけてきたのは晴馬だった。今日は緊急で会社に呼び出されたとかで出社しているはずだが、もしかしてなにかがあったのだろうか。

千愛はそう思い、慌てて電話に出た。

挨拶もそこそこに「どうかしましたか?」と問うと、彼は少し笑った後に『今どこにいる?』と聞いてきた。

「駅です。今からマンションの方へ帰るところで」

『そうか。それならそこで待っていろ。迎えに行く』

「え?」

『今朝、傘を持っていってなかったろう?』

電話越しに衣擦れの音がする。きっと今彼は上着を羽織っているのだろう。

「あの、会社は?」

『早々に終わらせて帰ってきた。実際は俺がいなくてもなんとかなる案件だったしな』

だから心配はいらないと暗に言う。

『そのまま家に帰ったりするなよ。近くにコンビニがあっただろう? そこで待っておけ』

そう言って、晴馬は一方的に電話を切ってしまった。

千愛は手の中にあるビニール傘を見下ろす。

傘の値段は七百円。

晴馬が千愛のことを迎えに来てから帰るまで、往復で二十分以上。いや、諸々《もろもろ》のことを考えると三十分は見ておいた方がいいかもしれない。

晴馬の三十分と、手元の傘の七百円。コスパやタイパを考えるのならば、千愛がこの傘を買って帰る方が合理的だ。いますぐ電話して、家から出ようとする晴馬を止めなければならない。しかし、千愛は電話ができなかった。いや、したくなかったのだ。

傘を二つ持った晴馬が少しだけ頬を上気させてコンビニまで千愛のことを迎えに来てくれる。

その姿を想像しただけで、ちょっとときめいてしまった。きっと実際に見たら、もっと幸せな気分になるだろう。

「私は本当に『鈍い』んですね」

その鈍さで取りこぼしてしまった人間関係があるのかもしれない。でも、晴馬とのことは取りこぼしたくなかった。自分の中にある彼への気持ちをいつだって無視していたくない。

千愛は傘をもとあった場所に戻す。するとまるでそれを待っていたかのように男性がその傘をかっさらっていってしまった。目の前にはもう傘はない。これで後戻りはできなくなってしまった。

「全く合理的じゃないですね」

自分を非難する言葉を吐いたつもりなのに、千愛の唇には満足そうな笑みが浮かんでいた。

◆◇◆

「今晩はもっと酷くなりそうだな……」

晴馬は黒い雲の重なる空を見上げた。左手で傘を差し、右手には千愛の傘を持って彼は駅までの道程を歩いていた。本当は傘なんて一本にして肩を寄せ合いながら帰るのも素敵だと思ったのだが、二人で一本の傘に入るということは、どう考えても晴馬の肩が濡れてしまうということで。それは千愛が許さないと思ったのだ。それは、彼女が合理的なことを好む性格だからというわけではなく、単に優しいからだ。『肩を濡らすのなら、お互いに同じだけの面積にしましょう』とかなんとか言って、傘を押してくるのが、目を閉じても浮かぶようだった。

晴馬は千愛のことを思いながら、苦笑を浮かべる。

そして、歩道橋の階段を上り始めた。この歩道橋を渡り終えれば、駅まではすぐだ。

カン、カン、カン、カンと鉄製の階段を上るとき特有の音が耳に触れる。

そうして、最後の段を上り終えるのと、気配に気がついたのはほとんど同時だった。

晴馬はすぐそこで感じた気配に振り返った。

そこには、フードを目深に被った男がいた。傘は差しておらず、晴馬の方が一段高いところにいるので顔は見えない。

「君は――」

そう晴馬が声をかけると、男は晴馬のコートをおもむろに掴み、そのまま後ろに引っ張った。

晴馬の身体はバランスを崩し、後ろにのけぞった。そして、先程上ってきたばかりの階段を転げ落ちる。肩を打って、背中を打って、もう一度肩を打った。それを何回か繰り返して、最後はとうとう階段の下に仰向けになった。

「お前のせいだ」

フードを目深に被った男は聞こえないぐらいの小さな声で晴馬にそう吐き捨てる。

頭を打ったからか、視界が霞《かす》む。

たまたまそこにいた女性の『大丈夫ですか⁉』という声もどこか遠くに聞こえた。

晴馬はそのまま意識を手放すのだった。

◆◇◆

『夫の天鷲晴馬さんが階段から落ちて頭を打って入院されました』

その連絡が来たのは、晴馬が『迎えに行く』と電話をかけてきてから四十分ほどがたったときだった。最初の二十分ほどは遅いなと思いながらもコンビニの中で彼のことを待っていたのだが、どうにも様子がおかしいと、小雨になったところで千愛は一人マンションへと帰った。しかしマンションの中には誰もおらず、探しに行こうと家を出たところでその連絡があったのだ。

どうやら晴馬は千愛を迎えに行くために上った歩道橋の階段から足を滑らせてしまったらしい。確かにマンションへ帰る途中、歩道橋のあたりで何やら人だかりができていたが、まさか晴馬がそれに関わっているとは思わなかった。

千愛はすぐさまタクシーに乗り込み、指定された病院の住所を運転手に告げた。千愛の焦った様子になにかを感じ取ったのか、タクシーはどこか急いだ様子で走り出す。

(私のせいだ)

タクシーに乗っている間。千愛の心はその言葉だけで埋め尽くされていた。

(私のせいだ。私のせいだ。私のせいだ)

私が、断らなかったから。

私が、合理的な判断をしなかったから。

だから晴馬は階段から落ちてしまったと、千愛は自分のことを責めていた。

車窓に町並みが流れる。その中に一台の救急車が見えた。

その瞬間、頭の中に蘇ってきたのは、小学五年生のときの記憶だった。

当時、千愛には親友がいた。

彼女は千愛と同じクラスの子で、名前を浅井《あさい》聡美《さとみ》といった。

彼女のことを千愛は『さっちゃん』と呼び、二人は休憩時間も帰るときもずっと一緒だった。当時から千愛は少し変わった子として、クラスメイトから遠巻きにされていたのだが、千愛とはまた別の理由でさっちゃんもクラスメイトから遠巻きにされていた。さっちゃんが遠巻きにされていた理由は、家だった。さっちゃんの家はあまりお金がないらしく、遠足などもお金が払えないからと彼女だけ不参加ということが多々あった。服も暑い日でも寒い日でも長袖のＴシャツ二枚をずっと着回しており、洗っていない日も多くて、汚れていることも多かった。最初のうちは子供たちも気にせず遊んでいたのだが、年齢を重ねていくうちにさっちゃんと自分たちの違いに気がつき始め、段々と彼女から離れていったのだ。千愛としては『人間は皆違うもの』というどこか達観した考え方を持っていたので、彼女と他の人との違いは全く気にならなかったのだが、誰もがそういう考え方ができるわけではなかった。

そういった理由から、二人ははぐれものどうし、いつも一緒にいた。


『ねぇ。それ、どうしたの？』

千愛が初めてそれに気がついたのは、とある夏の日だった。

二人はいつも通り公園のベンチに腰掛けて、千愛が持ってきたチューブ型アイスを二人で分け合って食べていた。あまりにも暑いからか、公園には二人以外の子供はおらず、蝉《せみ》の声がずっと耳を刺していた。

千愛が言った『それ』というのは、さっちゃんの袖の下に覗く紫黒い痕だった。それが痣だと気がついたのは質問した後で、さっちゃんは袖を摑むようにして痣を隠すと『昨日ぶつけちゃって……』と苦笑いを浮かべた。

その日は深く考えることなく「そっか」と納得したのだが。

それからも、千愛はさっちゃんの服の下に痣を見つけた。よれた襟首から、伸びた袖から、翻った裾から。よく見れば彼女は服の下にたくさんの痣を作っていた。その痣は減っていく速度よりも増えていく方が速くて、千愛はいつかさっちゃんの身体が真紫になってしまうのではないかと心配していた。でも、肝心のさっちゃんがそのことについて触れないでほしそうにしているので、なにも聞けずじまいだった。

しかしある日、さっちゃんは顔に痣を作ってきた。

その日は休日で、二人はいつもの公園で遊ぶ約束をしていたのだが、一時間ほど遅れてやってきた彼女の目には、パンダのように青黒い痕がついていた。

その瞬間、千愛はとうとうさっちゃんにこう聞いてしまった。

『その痣どうしたの？』

『誰かにやられたの？』

『お父さんとか、お母さんに殴られているの？』

さっちゃんは千愛の質問全部に『大丈夫』とだけ返した。千愛が『それじゃ、答えになっていない！』と反論すると、それにも『大丈夫』とだけ。そして、彼女は最後に千愛の手を摑むと『大丈夫だから、誰にも言わないでね』と懇願した。それはまごうことなき懇願だった。

そのあまりにも必死な様子に、千愛は少しだけ迷った後に『わかった』と頷いた。

後から考えれば、これが間違いだった。

それから一週間後、さっちゃんは救急車で病院に運ばれた。彼女は父親に殴られた後風呂場に長時間放置されていたらしい。仕事から帰ってきた母親が彼女を見つけ、迷った末に救急車を呼び、さっちゃんは一命をとりとめた……らしい。

らしい、なのは、千愛がその顚末《てんまつ》を本人からではなく、自身の母親から聞いたからだった。

あの事件以来、さっちゃんには会えていない。

噂では退院後は児童養護施設に引き取られたというが、本当のところはわからなかった。

まぁ、たとえ会えたとしても、合わせる顔がないのだが。

だって、あの事件は千愛ならば止められたかもしれないのだ。痣のことを知っていた千愛ならば結末を変えられたかもしれないのだ。千愛自身がなにかできなくても、先生や自分の親に訴えるかどうかしていれば、あんな悲劇は起こらなかったかもしれない。

千愛が感情などに従わず、合理的に判断していたら……

思い返せば、千愛が合理的なことに執着し始めたのはあの頃からだった。

もともと、すべてのものに白黒はっきりつけたがるというか、そういう気質は持っている子供だったが、自分の判断に感情を極力排すようになったのは、この出来事からだ。

回る赤色灯。運び出される小さな身体。それを見守ることしかできない自分。

（私はいつまで経っても変わっていませんね）

あれだけ後悔したというのに、本当に自分はいつまで経っても進歩がない。

「離れた方がいい、でしょうね」

電話によると、今回晴馬は軽傷らしい。数カ所の打撲はあるが骨には異常はなく、頭を打ったので検査をするための入院は必要とのことだったが、命に別状はないという。

でもそれも、今回は……という話だ。

（こんなことを繰り返していたら、もしかしたら、晴馬さんは――）

取り返しのつかないことになってしまうかもしれない。それに、相手が晴馬なら、千愛は何回でも自分の法を曲げてしまうような気がした。

千愛はもう一度噛み締めるように先程の言葉を繰り返した。

「離れた方がいい、でしょうね」

晴馬のことが大切ならば、なおさらに――

千愛は膝の上でぎゅっと拳を握りしめた。

◆◇◆

ケーキは最後の一口が一番惜しいし、
本は読み終わる直前が一番ページ数を気にしてしまう。
楽しかった日の夜は眠りたくないと思ってしまうし、
星だって死ぬ直前が一番光り輝く。
いつだって終わってしまう直前が一番惜しくて、辛くて、素敵なのだ。

千愛が病室に飛び込むと、晴馬はもう起きあがっていた。ベッドの上で上半身を起こし、何やらスーツ姿の男性二人と話している。彼は入り口で呼吸を整える千愛に気がつくと、大きく目を見開き、優しく目を細めた。

そして、いつもの耳に残る甘い声で「千愛」と彼女の名前を呼ぶ。

千愛は走ってきたばかりの荒い呼吸を整えながら、先程の答えというように彼の名前を呼んだ。

「は、るま、さん」

「奥様ですか？」

千愛の方をちらりと見て、そう聞いたのは晴馬の隣で話を聞いていたスーツ姿の男だった。晴馬が「はい」と頷くと、スーツ姿の男は「そうですか」と立ち上がる。そして、こちらに会釈した。

大きな人だった。晴馬の方が上背はあるかもしれないが、身体の厚みがなんというか、ゴツい。

「またお伺いします」

そう言って、男性二人は千愛の脇を通って部屋を後にした。

「……今のは？」

「警察だ」

「警察⁉」

「ちょっとした騒ぎになったみたいだからな。事情を聞きたいらしい」

晴馬は警察官が去っていった扉の方を見ながら、少し困ったように眉を下げた。

「怪我は？」

「背中を少し打っただけだ。落ちるときに庇ったからか、頭は打たなかったらしい。検査でも問題はなかったよ」

その言葉を聞いて、千愛は膝から崩れ落ちそうになった。大丈夫だと、軽傷だと病院からの電話では聞いていたが、ここに来るまで、彼の様子を見るまで、安心できなかったのだ。

千愛はその場にへたり込みそうになるのをぐっとこらえて、先程まで男の人が座っていた椅子に腰掛けた。

大きく息を吐き出す千愛の頬に晴馬の硬い指先が当たった。

「走ってきたのか？」

心配そうにそう問われて、胸が苦しくなった。覗き込んでくる視線に、眉を寄せたその顔に、男性特有の硬い指先に、ときめいたのだ。自然と浅くなった呼吸に、自分はこんなにもこの人のことが好きなのだと実感させられる。

（でも――）

もうそれも終わりだ。

こんなに好きなのに終わりなのだ。

こんなに好きだからこそ、終わりなのだ。

千愛は顔を上げる。すると、晴馬は千愛の頬に手を当てながら、「心配させたな」と申し訳なさそうな声を出した。

（あぁ、欲しいな……）

晴馬の心が。

このときほど、彼の心が欲しいと思ったことはなかった。彼のことを好きだと認めてからも、自分の想いに翻弄されてばかりで、こんなことを思う余裕なんてなかった。

なのになんで、こんな土壇場で。

どうして、気持ちなんか告げられるはずのない最後の最後に。

今の千愛には、気持ちを求める権利さえもないというのに。

千愛は奥歯をぐっと噛み締める。そうして、喉まで出かけた気持ちを飲み込む。

——合理的になれ。合理的に考えれば、これが最善策だ。

「千愛?」

様子からなにかを察したのか、晴馬が千愛を覗き込んでくる。

千愛は彼の視線から逃げるように顔を上げた。

「晴馬さん、離婚しましょう」

そうして、一気にそれだけを告げる。顔は上げていたけれど晴馬の顔の方は見ていなかった。だって、これでなんてことない表情で「わかった」なんて頷かれた日にはどうすればいいのだろうか。

頷いてほしい。頷いてほしいけれど、頷いてほしくない。せめて少しだけでいいから、自分のことを、自分との結婚生活のことを、惜しんでほしい。一回だけでいいから「どうして?」と聞いてほしい。それ以上はなにも望まないから。

全部、紛れもない本心だ。

目の前の晴馬は、固まっているようだった。

彼はそのまましばらくなにかを考えるようにした後、ゆっくりと口を開く。

「君の気持ちはわかった」

その言葉を聞いた瞬間、ひゅっと喉の奥が嫌な音を立てた。

望んでいたはずの言葉に、予想していた言葉に、胸がきしむ。

晴馬にとっての『千愛との結婚生活』がそれまでのものだと、改めて言葉にされた気分だった。自分で『離婚』なんて言い出したのに、それを了承されて傷つくなんて、本当に自分でもめんどくさい女だと思う。

千愛はなにかをこらえるように、太ももの上でぎゅっと両手を握る。

けれど感情の波は、もう彼女だけでは制御できないほど大きなものになっていた。

（やばい、泣く――）

千愛はせり上がってきたものを見られないように、慌てて立ち上がった。そして、急いで晴馬に背を向ける。

「すみません！　あの、それでは、後で、離婚届を――」

言葉が続かなかったのは、晴馬に手首を掴まれたからだった。まさかここで引き止められると思ってなかった千愛は、彼から離れていこうとしていた足を止めて、振り返る。

見下ろした晴馬の表情は、硬かった。硬かったけれど、彼はどこまでもまっすぐに千愛のことを見つめていた。

「一体なにを勘違いしているんだ？　俺は『君の気持ちはわかった』と言っただけだ。俺は、了承しない」

「……りょうしょうしない？」

「離婚はしない、と言ったんだ」

はっきりとそう告げられて、千愛の思考は停止した。その隙をつくように、それまでせき止めていた感情が、目からぽろりと転がる。それは千愛の頬を転がって、着ていたブラウスの胸元にシミを作った。

「え？」

「なっ！」

千愛が自分の涙に驚いていると、それ以上に驚いた表情で晴馬は千愛を見上げた。

晴馬の顔色は心なしか悪いように見える。

その間にも千愛の目からは次々と感情が溢れた。

晴馬は千愛の涙にあからさまに狼狽えてみせた。

「なんで、そんなに、俺と離婚したいのか？　泣くほどに？」

「いえ。これは、その。ちが――」

千愛は慌てて目元を拭った。カバンからハンカチを出す間も惜しくて、服の袖でゴシゴシと拭うが、一度決壊したダムはなかなかもとに戻らない。

彼女は玉のような涙をまた数滴床に落とした。

「千愛……」

「これは、本当に、違うんです。その、……嬉しくて」

晴馬との結婚生活が嫌だったわけではないという意味で千愛はそう言った。しかし、晴馬にはその言葉が意外だったらしく、先程以上に目を大きく見開いた。

「嬉しい？」

「いえ、あの――」

「千愛。君は、俺との結婚生活が嫌で離婚とか言い出したんじゃないのか？」

「それは」

晴馬は千愛の腕を引く。彼女はそれに押し切られる形で再び丸椅子に腰掛けた。しかし、晴馬はそれでも彼女の手首を離さない。まるでその手を外したら千愛に逃げられると思っているようだった。

涙を拭う千愛を晴馬は真剣な顔で覗き込んでくる。

「正直に答えてくれ。君は俺との結婚生活が嫌なのか？」

「嫌では、ないです」

「それならどうして、いきなり離婚なんて言い出したんだ？　俺がなにかしたのか？　それとも、なにかしなくてはいけない理由ができたのか？」

「それは……」

千愛はどう説明すればいいか迷った。だってこれは千愛の問題なのだ。合理的な判断ができなくなる千愛の心の問題。晴馬と一緒にいても、彼女が合理的な判断ができていればなんの支障も問題もない。

そして、その問題を作り出している千愛の感情は――

「私、晴馬さんのことが好きになってしまったみたいなんです」

「は?」

「私は、自分が思っている以上に感情で動く人間だったみたいです。晴馬さんといると、どうにも合理的な判断が鈍ってしまうというか。だから――」

「ちょ、ちょっとまってくれ! 君は俺のことが好きなのか?」

「あ、はい。その………すみません」

千愛は視線を落とした。明らかに晴馬が困惑していたからだ。

まるで千愛が晴馬にそんな感情を向けているとは思ってなかったというような反応に、羞恥よりも前に申し訳なさが募る。

「別に、その、これは。気持ちを返してほしいというわけではなく……」

嘘だった。叶《かな》うことなら気持ちを返してもらいたい。同じだけの色と温度の気持ちを。それが叶わないのならば、似た色の気持ちでもいい。でもそれは、無理だとわかっている。だから――

「まてまて！　勝手に話を進めないでくれ。混乱してるんだ！」

「……すみません」

「だから、謝ってほしいわけでもなく――！」

焦れたように晴馬はそう言って千愛の手首を放し、彼女の指と己の指を絡ませた。

「君は俺のことが好きなんだな？」

「はい」

「それは、その、どういう好きだ？　恋愛対象としての『好き』なのか？　それとも……」

「キスが――」

その言葉は意識したのではなく、自然と転がりでた。

「キスがしたいという方の『好き』です……」

瞬間、晴馬の手がぎゅっと千愛の手のひらを摑んだ。千愛の手もそれに応えるように晴馬の手を握り込む。絡んだ指どうしが抱きしめあって、互いの手の甲に爪の痕がつく。

「偶然だな」

「偶然？」

「俺も千愛にキスがしたい」

うつむく千愛に晴馬は視線を合わせながらそう告げた。そして、ゆっくりと手を引いた。

千愛はされるがままに彼と距離を詰める。

そして、唇が重なった。

身体は何度も重ねたのに、唇を重ねるのはそれが初めてだと、千愛は彼の呼吸を感じながら思った。そして、それを自分が求めていたという事実も併せて知った。

本当につくづく自分は感情に疎い。

長いような、短いような、でも合わせただけの唇が離れていく。

千愛は数拍遅れて自分の唇を撫でた。そこに残るしっとりとした感触が、先程のことが夢ではないと教えてくれているようだった。

呆《ほう》けていると、晴馬がいつもよりも優しい声音で「千愛」と呼ぶ。千愛はそれに顔を上げた。思ったよりも近くにいた彼は千愛の額に自分のそれを重ねた。

コツンとぶつかり合う額に、切り取られた自分たちだけの世界。

「君がどうして離婚なんかを言い出したのかは、なんとなくわかった。だから、俺はこう提案したいと思う」

「提案？」

「俺は君が好きだ」

呼吸が止まった。きっと、嬉しくて。

「君も俺が好きだ。二人とも、お互いのことが好きで、離れがたく思っているのならば、こ

のまま一緒にいるのが合理的じゃないか?」

「ごうり、てき?」

「俺は君がいない生活なんて考えられない。君が離れていったら、悲しいし、辛いし、きっと仕事だって手につかなくなる。君はどうだ?」

同じ気持ちです、というように千愛は一つだけ頷いた。

「なら、一緒にいよう。本当の夫婦になろう。それがきっと一番、合理的だ」

まるで魔法のようだった。

晴馬の甘い声と優しい顔でかけられる温かな魔法。千愛は強力なその魔法に一瞬にして魅入られそうになるが、はっとなにかに気がついて、彼を押しのけた。

「で、でも! 私はこんなことをまた繰り返すわけには——」

「もしかして、君は俺が階段から落ちたのは自分のせいだと思っているのか?」

「ち、違うんですか? 私が迎えに来てもらおうと思わなかったら、晴馬さんは——」

「違う。千愛のせいじゃない」

晴馬ははっきりとそう否定してみせる。そして、「これは君に言うかどうか迷ってたんだが……」と眉間に皺を寄せた。

「俺は誰かに突き落とされたんだ」

第四章

「晴馬さん、朝ですよ。起きてください！」

二人の寝室になっている晴馬の部屋で、千愛はそう言って晴馬の身体を揺さぶった。

彼女の身体を抱きしめている晴馬は、「んー……」と小さく唸った後、さらに腕の力を強くする。分厚い胸板に押し付けられる形になった千愛は、まるで抗議をするように目前の胸板を叩いた。

「晴馬さん、苦しいです！」

「……そうか」

「寝ぼけていますね!?　それなら、まだ寝ていてもいいですから、腕を離してください。私が出られません」

「……いやだ」

明らかに寝ぼけている晴馬に、千愛は「もう！」と唇を尖らせる。しかし、それも一瞬だけで彼の子供のような寝顔を見ているうちに千愛の口元は弧を描いた。

二人が両想いになって、早一週間。晴馬はたまにこういう甘えたような表情を見せてくれるようになった。以前までの彼はどこか完璧の二文字が似合うような立ち振舞をしていたが、今では少し抜けていると思うようなこともある。その変化が千愛はたまらなく嬉しかった。完璧な晴馬のそばにいるより、少し抜けている晴馬のそばにいる方が、彼に近い位置にいるような気がするからだ。

（だけど、このままってわけにはいきませんよね）

千愛はそう思い、先程よりも強めに晴馬の身体を揺さぶった。

「晴馬さん、起きてください！」

いい加減刺激が脳まで達したのか、晴馬はわずかに目を開けた。そして、千愛を見回した後、窓の方をちらりと見た。

「……今何時だ」

「七時です」

「…………もう少し」

再び抱え込まれた千愛は先程よりも強めな声を出した。

「だめです！　晴馬さん、今日は引っ越しの準備をするんでしょう？」

そう、二人は引っ越しを計画していた。理由は、晴馬が歩道橋から落とされたからである。晴馬を歩道橋から突き落とした人物は去り際に『お前のせいだ』と言っており、そのことから彼が晴馬に恨みを持っている人間であることは明らかだった。

落とされた場所が自宅近くの歩道橋ということもあり、家も知られている可能性がある。それに、千愛も以前何者かに追いかけられたことがあった。追いかけてくる人を見たわけではないので確実とはいえないが、今回のことを考えると、やはりあれも気のせいではなかったのかもしれない。そういったことから、引っ越しをしてきてわずか一ヶ月だが、二人はまた引っ越しをすることにしたのである。

その準備のせいでここ最近忙しくしていたからか、晴馬はやはり起きない。

仕方がないな、と千愛は諦めたように身体から力を抜いた。そして彼に背を向ける。

昨日の段階でもう結構な荷造りを終えているし、もう少し寝ていても支障はないだろう。

千愛がそう思っていると、彼女のシャツの裾から晴馬の手が入ってきた。彼のゴツゴツとした手は千愛の腹部を撫でる。最初は寝ぼけて触っているのかと思ったのだが、その手の動きは段々と情事を思わせるものに変わっていく。

「んっ」

千愛が小さく声を漏らすと、突然、後ろから耳を食《は》まれた。

「ひゃぁっ！」

千愛は耳を抑えて振り返る。すると、いつの間に起きていたのか、晴馬が笑いを噛《か》み殺《ころ》していた。

明らかに揶揄《からか》われたのだとわかって、千愛は声を荒らげた。

「もう、晴馬さん！」

◆◇◆

腹が立つ、腹が立つ、腹が立つ。


男はとあるマンションの一室で、トランシーバーのような機械片手に唇を噛み締めていた。

そこは目的のためだけに借りた部屋で、家具などはなにも置いていない。相手の部屋からこちらの様子が見えてはいけないのでカーテンだけは引いているが、そこにおいてある彼の私物はそれだけだった。

トランシーバーのような黒い機械からは絶えずノイズのような音が流れており、それらにたまに生活音や会話も混ざって聞こえる。

そう、彼が持っているのは、盗聴器の受信機だった。盗聴しているのは目の前にある高層マンションの一室。本当はマンション内の部屋が良かったが、さすがに学生バイトの給料でそこまでの金は出せなかった。

『それにしても、怪我が大したことなくてよかったです』

愛《いと》しい人のかわいい声が聞こえる。そして、それに答える男の声も。

『まぁ、落ちたときはびっくりしたがな。咄嗟に身体が動いてよかったよ』

声の主の男――晴馬に大した怪我がないことは、彼を歩道橋から落としたときにもうわかっていた。後ろから落ちたにもかかわらず、彼は器用に身を捩って頭を守っていたし。その後、階段の下で苦しそうに身じろぎをしていたところを見ていたからだ。

だけどさすがに骨の一本ぐらいは折れていると思っていた。命に関わるほどのことはなくても、生活に支障が出るぐらいの怪我はさせたと思ったのに、彼は落とす前と変わらない様子であのマンションで生活をしている。

彼女――千愛と一緒に。

二人の楽しそうな会話に、男はあの日、晴馬にとどめを刺しておかなかったことを後悔していた。コートのポケットの中には、抜身のナイフが入っていたのに、集まってきた人の視線とポケットの中で握ったナイフの柄の冷たさに怯えてしまい、結局そのまま逃げ出してきてしまったのだ。

男はこのときほど自分の小心っぷりに辟易《へきえき》したことはなかった。こと恋愛ごとになると、自分はいつも後一歩の押しが足りない。それで、前の彼女にも振られてしまったというのに。

でも、次は失敗しない。怯えたりもしない。

その前に――

『明日、引っ越しなんですよね。なんだかちょっと淋《さび》しいです』

千愛の声が聞こえる。どうやら自分の中途半端な脅しがよくなかったようで、彼らは引っ越しをするらしい。忌々しいが、まぁこれは仕方がない。自分が相手でも同じようにしただろうからだ。

問題はここからだ。引越し先にどうやって盗聴器を仕掛けるか。

引越し先の住所はもうわかっているが、相手だって警戒をしているし、同じ手は使えないかもしれない。まぁ、彼らは自分たちの部屋に盗聴器が仕掛けられているとは露ほども思っていないだろうが。

悩んでいると、受信機から声が聞こえてきた。晴馬の声だ。

『それで明日なんだが、俺は仕事があるから立ち会いを任せてもいいか？』

それを聞いてチャンスだと思った。

もともとの警戒心の差だろう、晴馬は人の顔を覚えるのが得意のようだが、千愛は全く人の顔を覚えない。帽子を目深に被っただけの変装とも言えない格好で千愛の周りをうろついても、彼女は全く気がつかないのだ。

明日か。明日なら、前と同じ手を使えるかもしれない。

千愛に近づくためには、やはり情報収集は大切だ。

男がいないのなら、大丈夫。きっと大丈夫。

そう思っていたのに――

「やっぱりお前だったか、鳶岩蒼」

翌日、以前と同じように引っ越し屋の制服を着て盗聴器を仕掛けようとした蒼の腕を、晴馬がそう言って捻り上げた。

◆◇◆

『うちのリビングにはもしかすると盗聴器が仕掛けられているかもしれない』

晴馬がそう言い出したのは、何者かに歩道橋から落とされた翌日のことだった。

白を貴重とした清潔感漂う病室の個室で、晴馬はどこまでも真剣な面持ちで千愛の手を握る。意味がわからず千愛が『盗聴器？』と繰り返すと、晴馬は深く頷きながら『まだ可能性の話だが』と付け加えた。

晴馬が言うには、彼のことを突き落とした人物は鳶岩蒼なのではないかということだった。突き落とした犯人の顔は見ていないが、履いていたスニーカーが同じだったことでそう思ったそうだ。しかし、それだけで蒼を犯人だということはできない。スニーカーが世界で一つだけの珍しいものならいざ知らず、彼が履いていたのは大量生産された有名メーカーの一足だったからだ。それでも一応警察には話したのだが、案の定、彼らの反応は芳しくなく、おそらくろくな捜査は行われないだろうということだった。

晴馬はどうするべきか迷ったらしい。安全を考えて、千愛のことは同僚である沙耶香に連絡をして任せたが、無駄に怖がらせてもいけないと蒼のことは告げていなかった。

そんなとき、以前から蒼のことを探るようにと頼んでいた身辺調査会社から連絡があったらしい。そこでわかったのが、蒼が最近千愛の周りをうろついていることと、二人の住んでいるマンションの近くに自宅とは別に部屋を借りているという事実だった。

『それで、盗聴器、ですか？』

『最初は監視目的で借りているのかと思ったんだが、アイツは千愛が酒に弱いのを知っているようだったし、それなら盗聴かもしれないな、とな。……飛躍した考えかもしれないが』

千愛が晴馬とお酒を飲んで酔っ払ったのは、引っ越し初日だ。その段階でもし盗聴器が仕掛けられているのなら、きっと引越し業者にでも扮装《ふんそう》して堂々と盗聴器を仕掛けに来たのだろうということだった。

晴馬の言葉を聞きながら、千愛は以前蒼に覚えた違和感を思い出していた。

『千愛さん！』

どうして彼は、千愛の名前を知っていたのだろう。やっぱりどう思い出しても千愛は彼に自分の名前を告げていないし、沙耶香だって彼女の名前を呼んでいなかった。でも、もうその段階で盗聴されていたとするのならば、すべてに説明がつくのではないか。そうなると、居酒屋で再会したのも、偶然ということではなくなるのかもしれない。彼は千愛があの日居酒屋に行くと知っていて、偶然を装い、再会した。そう考えることができる。

（そういえば――）

千愛はそのまま芋づる式に別の事柄を思い出した。

あれは晴馬と結婚する前のことだ。確か母親に結婚することの報告をしていたときだったと思う。彼女は玄関の方で妙な物音を聞いた。千愛はすぐさま音の正体を確かめに行ったのだが、そこに人の影はなく、男性もののハンカチだけが落ちていた。

（もしかして）

あれも蒼だったのだろうか。今振り返れば、あのときした音は玄関扉についている新聞受けの開閉音だったような気がする。もしかして蒼はそこを開けて千愛と母親の会話を盗み聞いていたのだろうか。

まだなんの証拠もないのに、そう思っただけで身の毛がよだった。

わずかに顔を青くする千愛に、晴馬は真剣な面持ちでこう続ける。

『千愛。お願いがあるんだが、いいだろうか』

晴馬のお願いというのは、彼の友人とともに部屋の中の盗聴器を探してきてほしいというものだった。彼の友人である服部真也は小さな防犯グッツのショップを経営しており、道具の売り買い以外にも、盗聴器などを探すサービスもしているらしい。

晴馬が『蒼がマンションの近くに部屋を借りている』という情報で『盗聴器』という発想が出てきたのも、この友人に相談したからだということだった。

『本当は俺が行けたらいいんだがな。今日いっぱいは動くなということだからな』

そうして、千愛は紹介してもらった真也と一緒にマンションの部屋に向かった。蒼に悟られてもいけないので昼間のうちに動いた。大学生である蒼は昼間は学校があると踏んだのだ。

そうして得られた結論は、リビングのテレビの裏にある電源タップに盗聴器が仕込まれているということだった。その電源タップは晴馬が持ってきたのでも、千愛が持ってきたものでもなかった。いつの間にか仕込まれており、コンセントから外すと給電ができなくなり機能を失うというものだった。またマイクの集音する範囲はリビングぐらいで、寝室になっている晴馬の部屋や千愛の部屋での会話は盗聴されないだろうということだった。

『もうこうなった以上、引っ越しをするしかないな』

盗聴器が仕掛けられていると知った晴馬の結論がそれだった。もちろん千愛もそれには賛成だったが、蒼のしつこさから考えて彼は引っ越した先にまでついてくる可能性がある。それに、危害だって加えてくるかもしれない。けれど、蒼が盗聴器を仕掛けた犯人だと決めつけるには決定打が足りなかった。

だから、二人は蒼をはめることにした。

二人が引っ越すと知ったら、きっと蒼は以前と同じ方法でまた盗聴器を仕掛けに来るだろう。電源タップ式の盗聴器を二人が引越し先にまで持っていくという確証がないからだ。蒼がどういう方法で電源タップを取り付けたのかは正確にはわからなかったが、晴馬と千愛がお酒を飲んだのが引っ越し初日で、その情報を彼が得たとするならば、盗聴器が仕掛けられたのはきっと引っ越しのときだ。ならば、蒼はおそらく引っ越しの作業員になりすまして、部屋に堂々と入り、盗聴器を仕掛けたのではないだろうかというのが晴馬の予想だった。

それなら、このまま盗聴に気づいていないふりをしておいて、蒼に嘘の引越し先を教える。その上で、彼が盗聴器を仕掛けようとしたところで捕まえる、というのが二人の考えた作戦だった。

そして――

「やっぱりお前だったか、鳶岩蒼」

蒼はまんまと作戦に引っかかったのである。

この日のために用意した部屋は晴馬が知り合いの不動産屋に頼んで借りたダミーの部屋だ。引っ越しのスタッフも研究室のメンバーたちが手を上げてくれた。

たった今騙されたと気がついた蒼は腕を捻り上げられながら、信じられないものを見るような目で晴馬のことを見上げていた。捻り上げている方の蒼の手には、白いコンセントのアダプタが握られており、晴馬はそれを彼から取り上げた。

にじませる。

蒼の視線は晴馬からその後ろにいる千愛へと向いた。千愛と目が合うと、彼は怒りを顔に

そう言いつつも、蒼は自分が騙されたということを全部わかっているようだった。

「なんで――」

「これが新しい盗聴器だな」

「千愛さん、騙したんですか？」

「騙したというか、これは――」

「俺を騙したんだな！　騙したんだな！　騙したんだな！」

蒼はそう激昂《げきこう》した後、最後の咆哮《ほうこう》というように千愛へ怒声を浴びせかけた。

「変に気を持たせやがって！　このあばずれ女が！」

その三十分後には、もう蒼はパトカーに乗せられて連れて行かれた。

通報した晴馬も警察署に事情を説明に行き、帰ってきたのは夜の十時を回っていた。

晴馬から聞くに、やはり蒼はクリスマスに千愛に助けてもらったことをきっかけに彼女に固執するようになったらしい。最初のとき逃げてしまったのは、警察に捕まってしまうと思い怖くなったから。けれど、助けてくれた千愛のことはずっと気になっており、街でたまたま見かけて、運命を感じたらしい。そして、そこからつきまとうようになったというのだ。

しかしながら、つきまといに関しては証拠がなく、盗聴器を仕掛けただけでは、蒼は大した罪にはならないという。ただ、警察も今回のことを重く見たようで、晴馬が歩道橋から落とされた事件は蒼を被疑者とみて、本腰を入れて捜査をしてくれるという話になった。

晴馬が警察から話を聞かれている最中、連絡を受けた蒼の両親が警察署に駆け込んできたらしい。晴馬が部屋から出るときに蒼の父親からの『今回は家のバカ息子が失礼しました。もうお二人には近づけさせませんので』という言伝《ことづて》を警察官から聞いた。どうやら蒼は地方の両親に引き取られて引っ越すらしい。そうそう行き来ができる距離じゃないらしく、ひとまずは安心だろうと警察官は言っていた。

二人は本当の引越し先である、マンションの一室で怒濤《どとう》の一日を振り返り息をついた。四人がけのソファに二人は身を寄せ合うように座っている。

「まさか、蒼くんがあんな人だったなんて……」

別に親しくしていたわけではないが、蒼のあまりの変わりように千愛は声のトーンを落とした。あの大型犬のようなかわいい子の中に、あんな凶暴性があるとは実際に目にするまでやっぱり信じられなかった。しかも、一ヶ月以上会話や音を盗み聞かれたというのは最悪だ。気づかなかったとはいえ、振り返ると恥ずかしいやら気持ち悪いやらである。

「でもまぁ、寝室の方に盗聴器が仕掛けられてなくてよかったな」

晴馬のその言葉に、千愛はわずかにどういうことかと考えた後、頬を赤くした。確かに夜中の情事などを盗み聞かれた日には、恥ずかしさでどうにかなってしまうだろう。会話を盗み聞かれていた一ヶ月間、リビングでいちゃつかなかったわけではないが、頻度は寝室には到底叶わない。

「でもこれで、堂々といちゃつけるな」

その言葉に隣を見たときには、もう晴馬はすぐそばまで来ていた。二人で座るには広い四人用のソファの座面が、彼がこちらに迫ってきた分だけ沈んだ。

「いちゃ？」

「この一週間、辛かったんだぞ？」

その言葉の意味するところは千愛にもすぐわかった。

二人はこの一週間、一緒に眠ることはあっても身体を重ねてはいなかった。それは万が一にでも盗聴器の仕掛けられているリビングまで声が漏れてしまうことを懸念したからであったし、たとえ声が漏れなくても事後の雰囲気を彼に悟らせないためでもあった。

晴馬は座面と背もたれに手をつき、千愛に迫ってくる。彼女は晴馬の胸板に手をつき軽く押し返しながら、狼狽えたような声を出した。

「えっと、本気ですか⁉」

「本気だ」

「もう夜も遅いですよ？」

「千愛に触らないと今日は眠れる気がしない」

獲物を見つけた肉食動物さながらの視線を受けて、千愛は恥ずかしさに顔を背ける。

この目は本気だ。間違いない。

迫りくる晴馬の勢いに押されてか、千愛の背中は気がつけば座面にぺったりとついていた。

千愛はなおも抵抗するように晴馬の胸板を両手で押した。

「そ、それなら寝室にいきませんか？」

新居では二人の寝室は一つになっていた。それぞれに部屋は用意してあるのだが、どうせ一緒に寝るのだから、ということで、以前まで部屋にあったシングルサイズのベッドは取り払われていた。千愛としては一緒に寝ることに対して異論はないのだが、自室からベッドを取り払われるのは、なんとなく退路を塞がれたような気がしてちょっと気恥ずかしかった。

これでは喧嘩などをしたって夜は必ず一緒に眠ることになってしまうだろう。

「それに、できればお風呂にも入りたいですし……」

千愛はダメ押しにそう言った。

晴馬は基本千愛のそういうところは尊重してくれる。情事中の『待って』だってできるだけ聞いてくれるし、千愛が本当に嫌がることはしない。だから、こういうときもいつもはちゃんと、待て、をしてくれるのだが……

「嫌だ」

まっすぐに放たれた否定に、千愛は思わず「へ?」と目を瞬かせた。

「ずっと我慢していたんだ」

耳元で囁かれる言葉に熱がこもっていた。

「それに、これまでのと、これからのは違うだろ? 俺は欲望を吐き出したいんじゃない。君と愛し合いたいんだ」

歯が浮くような台詞なのに、必死さがこもっているからか、晴馬がいうと少しも恥ずかしさを感じなかった。彼の声は、耳から入ると同時に千愛の脳みその回路をジリジリと焼いていく。

手が重なって、指が絡まった。

「……いいだろ?」

まるで懇願するようにそう言われては頷かざるを得なかった。

最初に落ちてきたのは、唇だった。

重なった体温に、これまでの行為ではキスしてこなかったな、と今更ながらに思い至る。

晴馬と千愛が唇を合わせたのは、先日が初めてだ。何度も身体を重ねているのにキスだけはしてこなかったというのはなんともチグハグのような気がしたが、こうして好きな人と唇を重ねる幸せを味わっていると、これまでは重ねなかったのが正解のような気がした。

我慢した後の甘みのような、病みつきになりそうな甘さを味わいながら、千愛は晴馬の背中に手を回した。

「ん、んんっ」

ついばむような軽いキスだったのは最初だけで、気がつけば二人のキスは互いの唇を食べ合うかのような深さのものへ変化していた。上下の唇を食み、唾液を交換し、呼吸を絡める。千愛の歯列をなぞるのは分厚い舌で、それらは千愛の口腔《こうくう》内を蹂躙《じゅうりん》し、彼女の舌を搦《から》め捕《と》っていった。最後に舌を吸われたときは、なぜか千愛は腰が砕けそうになるほどの甘さを味わっていた。

「千愛」

そう甘く囁かれる頃には、彼女の頭はなにも考えられなくなっていた。晴馬の行為に必死についていっている千愛の息は上がっており、彼はそれを見下ろして嬉しそうに頬を引き上げた。

「かわいいな」

「……そんなこと、言うの、晴馬さんぐらい、ですよ」

「そんなことはない……が、君のこんな姿を他の人間に見せるつもりはないからな。君の乱れた姿を見てそう言えるのは、後にも先にも俺だけだろうな」

乱れた姿？　と疑問に思い、千愛は自分の姿を改めて見下ろした。すると、キスをしている間に脱がされたのだろう、彼女のシャツのボタンはもうすでに全部外されており、シャツの隙間からは下着のレースが見えた。

相変わらず、手際が良い。

千愛からすれば手品も同然の手際の良さに、なんだか少しだけ胸が痛む。しかし、どうして自分の胸が痛いのか、千愛にはわからない。

晴馬は千愛のシャツの前合わせの隙間から手を入れてくる。そして、硬い指先で素肌に触れた。ザラリとした感触と、自分のものではない体温に、身体が勝手にこれからのことを期待し始める。自然とすり合わせてしまった膝に、晴馬の唇の端が上がった。

「期待しているのか？」

頭の中をすべて読んだような晴馬の台詞に、彼の余裕を感じる。いつだって千愛は必死なのに晴馬は常に落ち着いていて、こちらのことを気遣ってみせるのだ。

瞬間、また胸がチリリと傷んだ。だけどやっぱり理由はわからない。

（晴馬さんに余裕があるのは、きっと、経験の差、なんでしょうね）

瞬間、千愛は先程から感じている胸の痛みの理由に、ようやく思い至った。

千愛は晴馬の過去が気に入らないのだ。彼の手付きに、余裕に、自分以外の、かつての女性を感じるから嫌なのだ。胸が痛むのだ。

自然と尖った唇に、晴馬が目ざとく気がつき覗き込んでくる。

「どうかしたか？」

「……いえ、なんでもないです」

「なんでもないって顔には見えないんだが」

「なんでもないんです」

顔を背けたのは、晴馬に怒っているからではない。自分のことが嫌になったからだ。

どうしてこんなどうしようもないことを自分は気にしてしまうのだろう。こんな、どうにもできないことに腹を立てても仕方がないし、こんなことで不快になっている自分はどう考えても子供すぎる。

けれど、彼にかつて付き合っていた人がいるという事実が、自分以外の誰かに同じように触れたという事実が、千愛はどうしようもなく嫌だったのだ。

「千愛？」

「……」

「ちーえ？」

かわいく尋ねられて、千愛は少し迷った後に口を開いた。

「……何人ですか？」

「ん？」

「私と結婚するまでに何人の人とお付き合いをしたんですか？」

質問が意外だったのか、晴馬は驚いた顔で固まった。

「自分でも変なことで腹を立てている自覚はあるんです。過去は変えられないし、これまで出会ってきた人で今の晴馬さんが構成されているわけですし。でも、どうしても……」

「もしかして、嫉妬をしているのか？」

晴馬が発した単語に、千愛ははたと固まった。

嫉妬。

単語は聞いたことがある。意味も知っている。けれど、その単語が自分に関係があるものだとは今まで思わなかった。しかも、恋愛の絡んだ嫉妬なんて……

千愛は胸元に手を置いた。そして、晴馬を見上げる。

「……これが嫉妬というものなんですか？」

「俺に聞かれてもな」

晴馬はそう苦笑を浮かべているが、どこか嬉しそうだった。どうしてそんなふうに笑うのだろうと首を傾げて、でもやっぱり彼の気持ちがわからない。だって、嫉妬というのは醜い感情なのだ。そんな気持ちを向けられて喜ぶ人間など、千愛は知らない。

（もしかして、これは呆れられているのでしょうか……）

千愛の感じた『嬉しそう』が間違いである可能性に思い至り、千愛は慌てて「すみません。変なこと言ってしまって……」と下を向いた。しかし、そのまま続けて彼女は口を開く。

「でも、あの。私で最後にしてくれませんか？」

身体の内にある不安をそう吐き出せば、晴馬は先程よりもさらに大きく目を見開いた。

「初めては、その、もう仕方がないので。最後は、私がいいです」

恥ずかしいことを言っている自覚はある。もう他の女性を見ないでほしいだなんて、そんな、わがままもいいところだ。人の気持ちは移ろいやすいものだし、自分がいつまでも彼のことを繋《つな》ぎ止《と》められるとは思わない。それでもこうやって奇跡的に今両想いであるのならば、願うぐらいはいいだろうと思ったのだ。たとえ将来反故《ほご》にされる約束かもしれないが、千愛は今、その約束が欲しかった。

「……」

「……あの、晴馬さん？」

あまりにも返ってこない反応に千愛は晴馬のことを改めて見上げた。そうして、今度は千愛の方が驚いてしまう。

晴馬が赤くなっていた。

これ以上もないほどに、真っ赤になっていた。

千愛の視線に気がついてか、彼は慌ててそっぽを向くが、耳どころか首筋まで赤くなっているので、あまり意味はない。

「あの、私、変なこといいましたか？」

「いや、これは――嬉しかっただけだ」

「嬉しい？」

千愛が首を捻ると、少しだけ顔の赤みを落ち着かせた晴馬がこちらを見下ろしてくる。

「大丈夫だ。他の女なんて見ない。……多分、目にも入らない」

「本当ですか？」

「あぁ。……というか、俺の最後が君なら、君の最後も俺だぞ？　わかっているのか？」

確かめるようにそう聞かれ、千愛は一瞬だけ固まった後、ぷっと噴き出してしまった。

「私の方は大丈夫です」

結婚しようと思ったとき、最初に頭に思い浮かんだのは晴馬の顔だった。その頃の自分はまだ自身の気持ちがわかっておらず、脳が結婚の相談相手として晴馬のことを勝手にピックアップしたのだと思い込んでいた。だからこそ、千愛は晴馬に結婚の相談を持ちかけた。

しかし、今ならわかる。千愛は最初から選んでいたのだ。結婚するのならば彼がいいと。一緒にいるのならば彼しかいないと。自分の気持ちなど何一つわかっていなかった頃から、彼女は本能に近い無意識のところで晴馬のことを選んでいた。そんな自分が、他の男性を選ぶなんてありえないことだった。

「他の人に目移りなんかしません」

はっきりとそう告げると、彼は息を呑んだ。そして破顔する。

晴馬は千愛の唇にキスをすると、彼女の上から身体をどけた。これから身体を重ねると思い込んでいた千愛は、晴馬の行動に目を瞬かせる。

「晴馬さん？」

「悪い。やっぱり寝室に行こう」

「どうかしたんですか？」

「今日は、その、……長くなりそうだからな」

「長く……？」

「君のせいだからな」

そう言うが早いか、晴馬は千愛の膝裏に手を回し、彼女のことを抱き上げた。

◆◇◆

確かに今まで誰とも付き合ったことがないわけではなかったけれど、こんなにのめり込んだのは、彼女が初めてだった。

トントンと子宮口を叩くリズムに合わせて千愛が小さく声を漏らす。四つん這いになりこちらに臀部を向けている千愛の腕や肩は火照っていて、それが彼女が興奮している証拠のように見えて、これ以上ないぐらいに気分が高揚した。背中には汗の玉が浮かんでおり、それを舌で舐め取ると、千愛は背筋を震わせながらかわいい声を上げた。

かわいい。ぜんぶがかわいい。

容姿だってもちろんそうだけれど、彼女の時折見せる、はにかんだ笑みが好きだ。普段は理路整然と物事を並べているのに、ふとした瞬間ちょっとポンコツになるところもかわいい。こちらを見上げながら唇を尖らせているところを見ると人目もはばからずその唇を奪ってしまいたくなるし、こちらを見つめて幸せそうに目を細めている表情を見るたびに、生きていてよかったと大げさでなく思ってしまう。

それと――

「はる、ま、さんっ――」

自分のものに貫かれながら涙目になっている彼女もたまらない。

晴馬は彼女の細い腰を撫でるようにした後、臀部を摑んだ。そうして勢いをつけて最奥を貫いた。ぱん、と、肌と肌が勢いよく当たる音が聞こえて、千愛が「うあぁっ」とシーツを摑んだ。そして、うごめく膣内。晴馬のモノを搾り取ろうとするように、彼女の中はぎゅっと締まった。

それがたまらなくかわいくて、愛おしくて、晴馬は何度も何度も最奥をえぐった。

そのたびに彼女は喘ぎ声を上げる。

「あっ、あぁ、あっ、あぁぁっ」

気がつけば、後ろから抱え込むような形で彼女を追い詰めていた。小さな千愛の身体はす

っぽりと晴馬の身体に抱え込まれ、抵抗することでさえも許してもらえない。

これはだめだ。さすがに追い詰めすぎだ。

頭の中ではそうわかっているのに、本能のままに動く腰はもう止まらなかった。

「いや、あ、や、あんっんんん――」

止まれないのならせめて千愛にもできるだけ気持ちよくなってもらおうと、晴馬は後ろから手を回し彼女の両方の乳首をつまんだ。すると千愛は甲高い声を上げて、腰をそらす。

瞬間、膣がうごめいて晴馬の本能を刺激した。

（あぁもう――）

無理だ。これはもう。

晴馬は千愛の身体をベッドに押し付けて、彼女の中を擦った。ベッドと晴馬の間で挟まれるようになった彼女はあられもない声を上げながら、いやいやと首を振る。

「や、イっちゃ――」

千愛は抵抗らしい抵抗ができないまま、足をピンと伸ばして、身体を硬直させた。

瞬間、晴馬も高まりを感じて、彼女の奥に白濁を放った。

思った以上に長い射精を終えて、晴馬は千愛の身体から自身を引き抜いた。

疲れた身体を千愛の隣に横たえると、彼女とちょうど向き合う形になる。

「無理させて、悪かった」

心からの謝罪を告げると、彼女はトロンとした表情をさらにとろけさせて、へへへ、と力なく笑った。

「幸せでした」

千愛の言葉に胸が打たれると同時に下半身が重たくなる。

晴馬は千愛の上にもう一度覆いかぶさった。

「へ？」

驚いた千愛の顔が晴馬の嗜虐性を刺激する。

「本当に――」

今晩は長い夜になりそうだった。

エピローグ

一年前の自分が今の自分の姿を見たら、きっと驚きで声が出せなくなっていただろう。

千愛は姿見に映った自分自身を見ながらそう思った。

頭の先からつま先まで入る大きな鏡には、真っ白いドレスをきた千愛が映っている。ドレスは裾の広がったAラインのもので、彼女の華奢《きゃしゃ》な腕とデコルテは薄手のレースに覆われていた。胸元からドレスの先に至るまでも細やかなレースがあしらわれており、背中はリボンで編み上げられてある。切りそろえられた髪の毛には大振りなシルバーのヘッドドレス。植物の葉を模して作られているそれにはいくつもの宝石がきらめいていた。彼女の耳にはヘッドドレスとおそろいの大振りのイヤリングがきらめいており、全体的に派手ながらも清楚《せいそ》な装いに見えた。

そう、千愛が着ているのはウェディングドレスだった。場所は二人で決めた式場の控室。

一時間後には、晴馬と千愛の結婚式が待ち構えている。

もちろん、この結婚式は千愛も了承したものだ。……というか、千愛から提案したものだった。

きっかけは、佐々木美幸の結婚式に行ったことだった。みんなに祝福されて幸せそうに微笑む彼女を、千愛は少しだけ羨ましいと思ってしまったのだ。たくさんの『おめでとう』に囲まれて、頬を染める美幸。あの日千愛は、晴馬と自分をそこに重ねてしまっていた。

『結婚式をしたいと言ったら笑いますか？』

千愛がそう言ったのは蒼が捕まってしばらくたってのことだった。晴馬はその言葉に少しだけ驚いて、『いいや、嬉しいよ』とだけ返してくれた。

そこからの展開は速かった。あれよあれよという間に式場が決まり、日程が決まり、ドレスが決まり、その他の細々としたことも駆け抜けるように決まってしまった。

振り返ればあれから半年も経っているのだが、体感としては一瞬だった。

そして、今、である。

（変では、ないですよね）

千愛は未だに信じられない気持ちで、鏡の中の自分自身の姿をまじまじと見た。

悪くはないとは思うのだが、いいのかと聞かれたら、千愛にはその辺の知識というか興味があまりないので、正直なところわからない。

千愛がそうして首を傾げていると、扉がノックされた。千愛は鏡越しに扉を見ながら「はい、どうぞ」と返事をする。すると、扉が空いて白いタキシード姿の晴馬が顔を覗かせた。

「あ、晴馬さん」

スタッフが来ると思っていた千愛は、彼の姿に少しだけ声を高くした。振り返ると、晴馬も柔和に微笑んでいた。

「……うん。やっぱり似合っているな。綺麗だ」

「あ、ありがとうございます」

晴馬が千愛のドレス姿を見るのは初めてではない。試着のときに何度も着てみせたし、今日だって着替えてから何度も顔を合わせている。しかし晴馬はそのたびに飽きることなく『かわいい』や『綺麗』や『似合っている』というような言葉をかけてくれる。最初は千愛もそれに恥ずかしがってばかりいたのだが、今では――

「晴馬さんも素敵ですよ」

という言葉まで返せるようになっていた。

千愛の言葉に晴馬は「ありがとう」と嬉しそうに微笑んだ。

二人はしばらく見つめ合いながら笑った。とても幸せな時間だった。もうこんな時間を得られただけで結婚式をして良かったと思ってしまう。

「そういえば、親族の方に挨拶は終わったんですか？」

「いや、それはまだ途中だったんだが、実は君に会わせたい女性がいてな」

「会わせたい女性、ですか？」

「あぁ、さっき到着したと連絡があってな。本当は式場で会っても良かったんだが、それだと君が驚くかもしれないからな。それに、どういう反応をするのかわからないのもあって……」

「……驚く？　どういう反応をするか？」

なんだかちょっと雲行きが怪しい。『会わせたい女性』でなおかつ『どういう反応をするかわからない』なんて、ちょっと怖い。怖すぎる。

もしかして、元カノ、とかだろうか。

それだったら、絶対に嫌だ。こうして紹介してくれるということは、今は友人関係なのかもしれないが、彼と過去そういう関係にあった女性というだけでちょっともうだめだ。無理だ。少なくともこんな幸せをかき集めたような日に会っていい人じゃない。

「言っておくが、君が考えているような人間じゃないぞ？」

表情から心の内を読んだのだろう、晴馬はそう言って苦笑を漏らす。

晴馬は千愛から視線を外すと、先程自分が入ってきた扉の方を見た。そして「入ってください」と声をかける。晴馬の言葉で千愛は女性が扉の前にいたことを知り、身を固くした。

「失礼します」

そう言って入ってきた女性は、千愛と同じぐらいの年齢に見えた。栗色《くりいろ》の髪の毛はハーフアップにしており、緑色のワンピースドレスに身を包んでいる。彼女は視線を下げたまま二人のそばまでゆっくりとやってくると、少しだけ迷うようにした後、顔を上げた。その口元にはかすかな笑みが浮かんでいる。

「えっと。久しぶり、だね」

「……久しぶり？」

千愛はわずかに狼狽えた。久しぶり、ということは、目の前の女性と千愛は面識があるということだ。しかしながら、千愛は彼女が誰だかわからない。研究室のメンバーや同僚ではないし、大学の知り合いや、高校の同級生でも――

そこまで考えた瞬間、なぜか一人の女の子が思い浮かんだ。

どうして女性ではなく、女の子なのかといえば、千愛が彼女のそれ以降の姿を知らないからだ。彼女とは小学五年の頃から会っていない。

突然会えなくなった、千愛の親友――

「え？」

「千愛ちゃん」

彼女の唇から出た声は、小学生のときと変わらないものだった。

千愛は思わず口元を覆う。

だって、こんなこと、ありえない。

「千愛ちゃん。私のこと、覚えている？」

千愛は口元を押さえたままこくこくと頷いた。当たり前だ。当たり前。忘れたことなんてなかった。夢にだって見た。何度も後悔した。それでも声が出せなかったのは、彼女の名前を呼べなかったのは、それと同時に嗚咽《おえつ》が漏れてしまいそうだったからだ。

「よかっ、た――！」

先に泣いたのは、女性の方だった。

ぽろりと涙が頬を転がって、緑色のドレスに丸いシミを作る。

「本当に、よかっ、た。忘れ、られてなくて」

あぁ、もう。だめだ。これはだめだ。もう、だって、こんな――

「千愛ちゃん、ごめんね。公園に行けなくてごめんね。なにも言わずにいなくなったりして、ごめんね」

「さっちゃ、ん――！」

気がついたら千愛はさっちゃんのことを――浅井聡美のことを抱きしめていた。

先程までこらえていた涙が次々と溢れて、嗚咽が漏れた。だって、謝るのは千愛の方なのだ。彼女が救急車を呼ばなくてはならないぐらいに傷ついてしまったのは千愛のせいなのだ。

ずっと謝りたかった。ごめんなさいと言いたかった。でも、千愛は今まで謝ることを許してもらえなかった。だって彼女に会えなかったのだ。もう、会えないと思っていた。

「さっちゃん、ごめんね！　ごめん——」

視線の端で晴馬が部屋を出ていくのが見える。

その優しい表情に、千愛はまたこらえきれず涙を流した。

◆◇◆

「晴馬さん、ありがとうございます」

聡美が帰った後、千愛はそう晴馬にお礼を言った。

先程まで涙でぐちゃぐちゃだった顔はもうメイクを直してもらっており、最初と同じとまではいかないが、変わらないぐらいまでにはもとに戻っていた。スタッフに頼んだので、今頃、聡美の顔ももとに戻っているだろう。

控室のソファに座ったまま身を寄せ合っている二人は、甘い雰囲気をまとわせながら式が始まるのを待っていた。

「まさか、さっちゃんを探してくれるだなんて思いませんでした」

「調査会社に依頼をして手紙を出しただけだから、大したことはしてないんだ。でもまぁ、喜んでもらえたならよかった」

千愛が晴馬にさっちゃんのことを話したのは、三ヶ月ほど前のことだ。まさかその短期間で探して、連絡を取って会うところまでセッティングしてくれるとは思わなかった。

聡美に会えたこともものすごく嬉しいが、晴馬が自分のことを考えて行動してくれたのが、この上なく嬉しかった。

「だが、式の後にしてもらえばよかったな。君があそこまで泣くのは予想外だったからな」

化粧を直す羽目になったことを申し訳なく思っているのだろう、晴馬はそう言って苦笑を漏らした。

「彼女は、さっちゃんは元気そうにしていたか？」

「はい！　一昨年、結婚したそうです。両親とは離れて暮らしているみたいですけど、今はとても幸せだって。私になにも告げずに引っ越していったのは、色々なことが重なってバタバタしていたのと、両親から逃げるようにしていたからそこまでの余裕がなかったからだと……」

千愛は聡美のことで後悔していたが、聡美は聡美で千愛になにも告げずに別れたことをずっと気にしていたようだった。

『私と仲良くしてくれていたのは、千愛ちゃんだけだったのに。私、千愛ちゃんになにも言わずに……。本当に、ごめんね』

聡美の言葉を思い出しながら、千愛は心底彼女に会えて良かったと思った。

今ここで会わなかったら、二人はお互いのことをずっと心のしこりにして生きていっただろう。楽しい時間を過ごした二人が互いの人生の枷《かせ》になるなんて、それはすごく悲しいことだ。

千愛は再び込み上げてきたものをぐっとこらえると、改めて晴馬に向き合った。そして、膝の上に置いてあった彼の手に自分のそれを重ねた。

「私、晴馬さんと結婚してよかったです」

「俺も、君と結婚できて幸せだよ」

晴馬はこれ以上ないぐらい幸せな顔でそう返してくれた。

その顔を見ていると胸の中がじんわりと温かくなっていく。

千愛は自分の感情に対して疎い。けれど、この胸を満たす感情の名前だけは、すぐにたどり着くことができた。

「愛しています」

晴馬は驚いたように目を見張った後、重なっている千愛の手に自分の指を絡めた。

「俺も、愛してる」

そう言った後、二人はどちらからともなく唇を合わせた。

了

あとがき

親愛なる読者様へ
お久しぶりでございます。秋桜《あきざくら》ヒロロです。

この度は、『こんなに極甘な結婚だなんて聞いてません！～交際０日の副社長は予想外の愛妻家!?～』をお手にとってくださり、ありがとうございました。

皆様どうでしたか？　楽しんでいただけましたでしょうか？

今回のヒロイン――鴨島千愛は、日常で起こり得る何もかもを、合理的かどうかで判断する、一癖ある女性でした。読者の皆様に受け入れていただけたかはわかりませんが、私としてはとても楽しく書き切ることができまして、大変満足しております。彼女のとんちきな発言も、突飛な行動も、暗い過去も含めて、大変書き応えがあるお話でした。

さて、本作のイラストは夜咲《やざき》こんさんに描いていただきました。ヒロインの千愛もヒーローの晴馬も、想像の倍以上素敵に描いてくださって、正直このイラストだけでも買う価値があると思っております。そのぐらい素晴らしいイラストでした。

この度は本当にありがとうございました！
最後になりますが、担当編集者様、編集部の方々。
本を流通させるために尽力してくださっている、書店始め本に関わる皆様。
この本を手に取ってくださっている、読者様。
いつも本当にありがとうございます。感謝しております。
これからも、お力添えや応援をどうぞよろしくお願いいたします。

秋桜ヒロロ

こんなに極甘な結婚だなんて聞いてません！
～交際0日の副社長は予想外の愛妻家⁉～　Vanilla文庫《ヴァニラ》 Mil《ミエル》

2024年9月5日　第1刷発行　　定価はカバーに表示してあります

著　作　秋桜ヒロロ　©HIRORO AKIZAKURA 2024
装　画　夜咲こん
発行人　鈴木幸辰
発行所　株式会社ハーパーコリンズ・ジャパン
東京都千代田区大手町1-5-1
電話　04-2951-2000（営業）
0570-008091（読者サービス係）
印刷・製本　中央精版印刷株式会社

Printed in Japan ©K.K.HarperCollins Japan 2024 ISBN978-4-596-71349-0